西湖十景

# 花港观鱼

王旭烽 著

江苏凤凰文艺出版社

有一个女人曾经对我这样说：我要……让你把我……想到骨——头——缝里去……

她这样说话的时候，表情爱恨交加，用的是一种咬牙切齿的口气，和她柔软奇妙的身体南辕北辙。那是她第一次跟我做爱时的海誓山盟，三天以后她就跟别人上了床。那件事情，我没有再跟她做过。

我没想过要把她忘掉，但非常想忘掉关于我们之间的肌肤之感。有一段时间我甚至以为成功了，她在我眼里不再是一个女人，她像异怪里面的一种。在西湖民间传说中，这样的妖精是古来有之的。

那天打的路过湖滨公园，见大花坛上朝天矗立着一条鲜花扎成的大金鱼，的哥见我探头看了两眼就告诉我，这是西湖国际博览会的吉祥物，还有个名字——欢欢。我于是明白我何以想起她来。她姓那，名欢，小名欢欢。我跟她唯一的一次如仙如梦之旅，一直就叫着她欢欢。后来她枕着我的肩膀说,其实欢欢这个小名就是从我开始叫起的。我说我不记得了。她奇怪地问,你怎么会忘记呢,我叫你二傻,你叫我欢欢,在花家山捞金虾儿的时候——我才明白,我从十岁开始被叫的二傻的外号原来也出于她。

我已经两年没有她的音信,她早已不在九百六十万平方公里土地上的任何一个角落里了。在人们的传闻里,她在委内瑞拉,在洪都拉斯,在阿根廷,在哥伦比亚,她还出现在匈牙利,甚至降临于南斯拉夫。听人说去年她已经到达巴西了,但她的目的地当然还是美国。那天夜里我梦见了她,第一个场景几乎重复了我们的初次相识,只是一切都在浓雾之中。一架大人力板车,由那欢的母亲拉着,她低着头几乎要垂到地上去了。那欢和她的几个弟妹坐在高高的人力车的顶端摇摇欲坠,她手里捧着那只大铁杯,和她的弟妹们兴高采烈地唱着:抬头望见北斗星,心中想念毛泽东,想念毛泽东……

后来人力车消失了,浓雾中只有她一人向我走来,跛着足,没有使用她那闻名全城的司迪克。她手里依然捧着那只色彩斑驳的大铁杯,竭力想控制平衡,但杯中的水还是洒落了出来。她站住了,问我:我们家住在女厕所,你们家呢,你们家住在男厕所吗?

我奇怪地想,我家与那家共住西湖南山边一个大厕所，应该是一九六六年夏天被扫地出门时的事情啊，那年她也只有十岁，怎么看上去她已经是个少女了呢。接着，她突然显现在我身边，把大铁杯伸到我眼前，说：你喜欢金鱼吗？我一看杯中，失声叫道：那不是欢欢吗？

然后我们就在床上了。我们依然做爱，但我总担心地想：这是唯一的一次，这是唯一的一次，永远不再回来的一次，正在诞生和死亡的唯一的一次……因此我的内心极为恐惧和痛苦，以至于失声痛哭。我抱着她泣不成声地叫：欢欢，欢欢，你怎么可以那样做，你怎么可以那样……我的眼泪滴到了她的身上，她不再癫狂。我定睛一看，喝！像白娘子喝了雄黄酒变成了一条大白蛇一样，欢欢变成了六公园大花坛上的那条鲜花大金鱼。她咬牙切齿地张着鱼嘴对我说：我要……让你把我……想到骨——头——缝里去……

我醒来了，正好听到仿佛来自遥远的拉丁美洲的国际长途电话的铃声。在西子湖的夜雾中，对方的女人的甜言蜜语带有一点做作的异国情调：哈罗，您是沈先生吗？

我本能地看了一眼睡在我边上的老婆，她闭着眼睛，当然是假寐。我只好问：你是谁，现在是半夜。她装腔作势地说：连我都忘了，二傻……哈哈哈哈……我是鱼妖欢欢，杭州城里到处都是我的塑像，

花港观鱼

想起来了吧。

我只好又说：有什么事情你快说，你在哪里？

她说：你想想我会在哪里呢？二傻，你要不见我，我可不答应你。

挂掉了，像一个骚扰电话。

老婆闭着眼睛问：谁啊，半夜鸡叫。我不敢说是谁，含含糊糊地回答说是一个朋友的电话，刚从国外回来。老婆闷了一会儿，突然跳了起来，抱起被子大叫：梦里还跟那瘸腿妖精鬼混，沈二傻，滚你妈的蛋去。

我以为她是要抱着被子到外屋的沙发上去了，从前我们半夜吵嘴，她爱来这一套，谁知她一脚就把我踢到床下去了。我坐在床下，一点脾气都没有。老婆在外资公司，我被精简了。从前我们的父母都是平起平坐的，我们又都是部队转业的，我们是门当户对的婚姻。现在不一样了，是该我抱着被子到外屋沙发上去了。

我老婆从前不那么趾高气扬的时候，也曾好奇地问过我那欢是个什么样的女人。我想来想去，竟然有点记不起那欢的模样了。一定要说，她有点像我小时候看《冰山上的来客》中的那个古兰丹姆，有一种遥远的异族情调。三百年前清兵入关时他们这一族进了杭州城，后来她很骄傲地不止一次在大庭广众之下宣布她是正黄旗。她也曾经不止一次跟我炫耀过她的出身，红黄蓝绿正旗镶旗她都说了一个遍。她爱瞎编这一点是肯定的，但我几乎从来不去戳穿她。

我们两家并非像有一段时间人们以为的那样风马牛不相及。我父亲曾经是他父亲的领导，一九四九年从北方进军杭州城，所以，虽然迟了三百年，我们的出身依旧有相似之处——以胜利者身份来到这座天城湖边的移民。三百年后我们遭受了同样的变故，我们两家同时被扫地出门，被发配到湖边这个废弃的厕所。

我父亲属于那种正经要被打倒的人物，又恰逢他从前的秘书反戈一击之后结婚，我家就给他腾新房了。那欢父亲则是国民党的留守人员，我们，包括他自己，到今天也没弄明白他究竟犯了什么罪，总之那时候那老爷子正在劳改农场。有一天劳改农场起火，她父亲被烧得只剩下一只鞋，场部同意他们这些留场人员回家。那老爷子随风潜入夜地回到家中，倒头便睡，鼾声惊天动地，中气十足，打醒了隔壁那家"造反派"。第二天就把那老爷子押了回去，又恐他被送回来，就把他家发配到我家隔壁女厕所里去了。男厕所大一些，但我父母依然愁眉不展，唉声叹气，正看着厕所发愣，那欢一家就唱着歌儿到了。那欢的妈是个大个子，据说是从前杂货店的大小姐，姓姚行四，人称姚四小姐。姚四小姐也很高兴,因为发现那女厕所比她们搬出来的地方还要大。"都给我下来!"她一声号令,大板车上的一串萝卜头纷纷下马,由那欢带队,观察地形。我妈那时被这新居之臭熏得天昏地暗,七零八落的一些家具就放在厕所外,正一筹莫展,那欢瘸着腿一摇一摆地朝我们走来,欢乐地叫道:你们也住在厕所里啊!

我们没理睬她。一九六六年夏天之前,我们住在大铁门里,有独家小楼和院子,我们上我们的幼儿园、我们的小学,我们有我们的领域,突然搬到厕所里,我们一时还反应不过来。

那欢无视我们的冷漠,她又欢天喜地地问:你们家有金鱼吗?

我摇摇头,她就主动把那个大铁杯拿到我眼前来看。这是一条很小的花鱼,也不过只有我们的小手指那么大,但身上红黄白黑蓝五色俱全,阳光下闪闪发光,娴静地缭绕在一根比头发丝稍粗的袅娜的水草边。那大铁杯也是旧的,瓷片剥落,后又用淡绿色涂覆,洗得干干净净。她一边看着鱼儿,一边小心翼翼地说:看到了吗,是龙种。接着她又对那花鱼儿说:欢欢,欢欢,我们又搬家了,搬到西湖边来了。

我跟她说的第一句话就是:你们常搬家吗?

常搬!她笑嘻嘻地说。搬家很麻烦的噢,我说。

不麻烦，她回答，一板车就把我们拉走了，反正妈妈就是拉板车的，欢欢跟我搬了好几次家了。我很惊奇，欢欢那么小，居然跟着他们搬了好几次家。我们说话的时候，姚四小姐已经跟我妈妈攀谈上了，并且已经分配好了任务，男女厕所的卫生问题，大家一起出动。姚四小姐向我妈妈要了几件破衣裳，那欢第一个穿上我的旧运动服，却没忘记把铁杯交给我，说：管住我的欢欢。你穿我的衣服要干什么啊？她说：爬到茅坑里去啊。我说：那多臭啊。她说：洗干净就不臭了啊。

厕所是很原始的，可以从座坑上爬下去。那欢他们几个孩子在茅坑里面干得很高兴，他们的妈妈把他们的头包得严严实实，还给他们戴上口罩，口罩也是我们家的。他们在里面冲啊，洗啊，扫啊，我们几个在上面接水去倒，有时水倒到了他们头上，他们就快活地尖叫起来。干净的水是从西湖边取来的，我们的新家离西山公园并不远。那欢一直在下面唱个不停——《毛主席穿上了绿军装》，她用越腔唱一句：我们高呼万岁万岁万万岁——她的弟妹们立刻接下去用普通话高喊：万岁万万岁！她又接着用越腔唱：敬祝领袖万寿无疆万寿无疆万寿无疆……

我们兄弟三人在上面听着听着也跟着唱：毛主席，你过去身穿绿军装……那欢突然叫道：你们有没有发现，我们在下面唱歌声音特别好听，还有回声呢，不相信你们听听看：万岁！万岁！万万岁！她在下面喊了起来，我父亲气急败坏地跑了进来，手里拿着一把艾草，叫道：住嘴！住嘴！这里是喊……的地方吗？我父亲吓得不敢重复那五个字。姚四小姐连忙止住她的孩子们，一边笑嘻嘻地说：沈局长，不要紧，这里没有人住，没有人听见的。我爸爸边擦汗边说：没人听见我们也不能喊，这是对老人家的态度问题。

姚四小姐一听，连忙对下面喊：听见了没有？下面的萝卜头儿连忙回答：听到了。听到了都给我上来，欢儿留下点艾草。

那欢上来的时候，身上又臭又香，还有一股艾草气。我本能地往后躲，她急忙问我：我的欢欢呢？我的欢欢呢？我说我把它放在树阴底下了。她就跺着脚说：给我拿来啊，给我拿来啊！倒像那小金鱼儿是她的命。

大铁杯子捧在手里时，她心痛地说：欢欢饿了，应该给它吃饭了。

我连忙说我们家里出来时带着一锅剩饭，那欢说：你说什么呀，金鱼不好吃米饭的，金鱼是要吃金虾儿的。

夕阳西下，酷暑渐去，我们五六个孩子经过一场茅坑的洗礼后也已经迅速融合在了一起，笑着唱着跑到湖边去了。站在齐腰深的蒋庄对面的湖面中清洗着自己的时候,我们清清楚楚地看到了对面石栏杆内的浓烟。那欢突然就叫了起来:是抄家呢,红卫兵在烧书呢!她把自己脱得只剩下一条花短裤,她那条难看的得过小儿麻痹症的右腿不像是她的腿,但确确实实又生在她腿上,她仿佛一点也没有意识到我们或许不应该看到这样的隐私——连带着她十岁那年的扁平的胸脯,一起毫不犹豫地向我们敞开大门和盘托出。我们三兄弟都有些不自然,我们已经略略知道一些男女的事情了,但那欢撇开了这些小骚动,她对我们叫着,命令着我们,一会儿送肥皂一会儿递毛巾,一会儿又指着对面那个院子里正在燃烧的火堆叫着:破四旧了!破四旧了!

我们都看到了一个大大脑袋、长长白胡子的老头,他靠在石栏杆上,盯着西湖水发呆,时而喃喃自语,但我们都不知道他是谁。

那欢命令我:把欢欢给我拿来。我就乖乖地把那大铁杯送上去。她抱着那铁杯,说:喏,再远一点,那里,就是欢欢的老家。

我大哥想起来了,说:知道,那不就是花港观鱼吗?那里有许多许多的花鱼,很好看的,你这条鱼是不是从那里偷来的?

那欢一边看着欢欢一边说:从前我们家有许多鱼儿,我爷爷是专门养鱼的,房间里院子里都是金鱼儿,龙种啊，蛋种啊，文种啊，水泡啊，狮子头啊，现在只剩一条欢欢，破四旧破掉了。

我们就一起看着欢欢，它仿佛小到透明，可以通过它的身体看到对面的水。那欢小心翼翼地说：欢欢是五花龙睛。

你怎么知道？

我爷爷告诉我的。

你爷爷呢？

死了。

我们就站在湖水里肃穆起来。我说：我爷爷也死了，很多年前。

我爷爷刚死，"造反派"到我家来后他就死了。

你们是"黑六类"？我们三兄弟就叫了起来。那欢白了我们一眼，说：什么呀，你们不也是"走资派"嘛。

她从湖水里跳了出来，那一条瘸腿灵活得比我们还跑得快。我要到花港捞金虾儿去了，谁跟我去？她叫道。我们犹豫了一下，不约而同地就朝她指引的方向冲去了。

我们的厕所生涯时间并不长，夏天快结束的时候，两家分手了。这一次单位给我们派来了一辆卡车，把我们全家流放到乡村去。那欢家也出发了，他们要被发到哪里我们不知道。也许他们也不知道，但他们依然精力充沛。

一辆人力车，最小的坐在高高的车顶上，姚四小姐在前面拉车，另几个在后面推。金鱼欢欢的铁杯搁在车后架上，一个夏天它长大了许多，不那么透明了。我们本来计划要去捡了破脸盆来给它安个新家，我们甚至还准备到花港去偷几条金鱼儿来陪陪欢欢，但一切都改变了。

那欢边和我们招手边欢呼雀跃，她倒退着，一跳一跳，像只瘸腿青蛙，呱呱呱地叫道：大傻，二傻，三傻，你们统统再见！

她那几个弟妹也一起叫道：再见！再见！再见！她那最小的妹妹坐在人力车的顶上也对我们招手：再见！再见！再见！

整个夏天，我们两家人都睡在厕所外的草地上。尽管父母一再告诫我们要和那家划清界限，但事实上我们已经沾染了那家人的生活习气——一种由于破罐子破摔了的流浪汉般的欢乐的气氛。他们那种与生俱来的饿不死就要喷发热情的精神，在一个夏季里不可能使刻板的我们不受感染。我们三兄弟也不停地与他们招手再见，很像当时纪录片中知识青年支援边疆建设时在火车窗口向人们告别的镜头。

我很快回到自己的生活轨道上去了。像回忆录写的那样，先是倒霉，然后慢慢地好起来，最后又回到本来的位置上。我插队，参军，上大学，许多年没有再见到过那欢,直到她以另一种传奇身份出现。

深夜接到那欢的电话之后,第二天我就给毛丰打电话。毛丰是我大学的睡在下铺的同学,也是我所知道的那欢的第一个男朋友。二十年前,毛丰曾经是可以用"酷毙"二字来形容的,现在自然已经风马牛不相及了。他大概可以说是中国知识分子中最早下海的一批人中的一个。我几乎不再与他有任何联系,他也一样,倒是我老婆和他互通音信。对我的这个电话他仿佛并不奇怪,笑笑,轻松地说:怎么样,二傻,你也接到骚扰电话了?

我听到这样的口气就反感。我之所以不和毛丰再来往,就是因为怕听到这样的口气。他们对我表示了某种亲昵,仿佛我是和他们心照不宣的同类人,这也让我反感。

我的沉默引起了毛丰的敏感,他实际上是一个十分敏感的人,连忙补救说:那欢从国外回来,说是想在西博会期间搞一个大型的观赏鱼汇展,她跟你说了这件事吗?

我告诉他,我连她住在哪里、与谁联系也不知道呢。毛丰想了想,说:如果你要找她,不妨去找找陈建安。

这下轮到我吃惊。问:陈建安又出狱了吗?

毛丰说:出是出了,什么时候又进去是不知道的,他给过我一个电话,我从来没打过,你试试看。不过别说是我给你的,我可不和这小子来往。你要见着那欢,方便的话也告诉她,她栽在他手里还不够多吗,叫她头脑清醒点。

我搁下电话想,这就是那欢。昨天一个夜晚,可能把杭州城里所有的旧情人的电话都打了一个遍,没准我是她想起来的最后一个人。但所有这一切都不影响我对她的思念,想起湖滨公园的那条花扎大金鱼,我心情激荡起来。

无法把那个难看的瘸腿的臭气扑鼻的胸脯扁平的充满领袖欲的黄毛丫头,和我许多年以后看到的丰腴的杭州姑娘那欢相提并论了。在没有与她重逢之前,我已经饱闻了她的种种"行径"。那时我已经转业回到杭州,并在同一年考上大学政治系。睡在我下铺的社会活动家毛丰每天神出鬼没,深夜回来,总要给我们带来一些关于欢姐的消息。开始我们还以为是位大妈级人物,后来方知,乃是一位成熟女郎。毛丰也许是继承了家族的某种遗传,对一切与政治经济变动有激烈关系的事件都表现出极大的兴趣。那时候社会上已经开始出现私营企业、夏伯阳式的人物和农民企业家等等。这些人人数不多,但也终于凑到了一起,常常切磋改革进程。他们仿佛是一群神秘人物,推动历史又被历史质疑,一会儿肯

花港观鱼

定一会儿否定，一会儿进人民大会堂，一会儿进监狱。他们实际上是被当成另类的，一般人进入不了他们的核心。毛丰只是一个青年学生，他父亲在我们这个城市掌管着要权，他便成了这群人当中的理论家和青年活动家。不久之后，又成了一个实践家。而他的那位欢姐，就是他在社会实践中相识的一位流落江湖的红粉知己。

毛丰有许多女弟子，外语系和中文系的女生甚至为他形成两大门派。我们因为沾了毛丰的光，寝室里莺歌燕舞一片。毛丰常常把我们赶跑，以便他单独辅导女弟子们。他给她们讲中国革命和世界革命，讲美国法国和英国，也分头和她们睡觉；但他从来没有把他的欢姐和那些女大学生搅在一块儿。欢姐是他的崇拜偶像，一位从社会底层而来、经历过种种磨难、阅历丰富的别开生面的年轻女子。

他从来不让我们见欢姐，仿佛他的欢姐一出手，我们就会疯了似的抢了去。他只是在半夜归来洗脚的时候和我们聊几句天下大事，间或把他的欢姐放风筝似的放一下。比如他会在挖脚趾头缝的时候突然说：你们不会想到，她是一个格格，她家和爱新觉罗家族是有血缘关系的。但更多的时候毛丰不讲这些，毛丰最关心的还是人与人之间的那种紧张的关系。虽然他秘密地加入了欢姐他们的商业机构，但与他打交道的仿佛不是布匹、电视机和土特产，而是特务、间谍和篡权者。欢姐永远都是他的耳目、参谋长、后勤部长和政委。每天都有一些不安的消息传来，公司渐渐被人控制了，有人窥视他们的权力啊，有人无理向他们逼债啊，公司内有人叛变啊，一派的人也产生了激烈的冲突啊……我听来听去，只有欢姐一个人是保毛丰的铁杆分子。

有天夜里晚自修，正巧只有我一个人在寝室，毛丰突然气急败坏地冲了回来，见屋里没有他人，拉起我就走，边走边说：兄弟，要你出血的时候到了。我说什么事情，打架我可不去，我从小就把一生的架打完了。他说是拯救他们的公司，他们的敌人已经包围了他们的公司，要把他们的大印抢去。我说你们这是怎么回事，"文化大革命"结束都几年了，你们怎么还在搞夺权斗争啊。他说你就别啰唆了，欢姐还在浴血奋战呢，他是杀出重围来搬救兵的。我一听倒真是吃了一惊，问：你把那个格格一个人留在那里了？毛丰说，还不是为了那枚大印。我的心一抖，就把话抖了出来：你的那个欢姐是不是姓那？毛丰说是姓那。我又问她还养金鱼吗？他摇摇手说：我故意不告诉你们她的真实身份，她在杭州城里名气太大了，你看我一说她姓那你就知道了吧。我说你怎么知道？他看了我一下，生气地说，沈二傻你也明知故问，那家不是在岳王街上摆着卖金鱼的摊儿吗。

这时我才知道从前同住厕所的那家人的下落。

和那欢重逢可以用惊心动魄四个字形容。那天夜里刚好气温下降,天气骤变,让人想起唐人的"月黑杀人夜,风高放火天"。我们在龙翔桥菜场附近一条小街听到了厮杀之声。只听一个鬼哭狼嚎般的声音声嘶力竭地叫着:你们敢过来!你们谁敢过来我就用手里的炸药包和你们同归于尽!毛丰一听就说不好,欢姐已经到了最后的时刻!这时我也血脉冲头,顾不上别的,先冲上去再说。转过街就看到他们的公司了,原来也就是一间老式平房,但使这不起眼的平房骤然不凡的是,我们看见有个人上了房,正在房上大叫,手里还拿着一根棍子。平房是人字形的屋脊,那人在房顶上站不住,又不停地拿着那根棍子疯狂地叫喊,一会儿转向东一会儿转向西,可以明显地看出来腿是瘸的。我已经确信她必是那欢无疑,但我依然没办法把那个在屋顶上狂叫的人与那欢联系在一起。这个人与其说像那欢,不如说像电影《英雄儿女》中临牺牲前的王成,他在高地上一个人和美国鬼子拼杀时,手里就拿着一根大雷管,样子很像那欢站在房顶上用一根棍子面对众多想要夺权的人。

毛丰大喊一声:都给我退后,她真有炸药包!这一招真灵,围着转的人们都吓退了,边退边说:瘸拐儿,谅你也跑不远,我们再找你算账。白刀子进红刀子出,有本事你下来！就听那欢在房顶上喊：畜牲！你们这批畜牲，你们怎么还不给我去死啊！这完全是杭州市民的骂街法，但还是很灵，一眨眼工夫，那些人就不见了。

我和毛丰连忙跑到屋檐下，毛丰激动地说：欢欢，欢欢，我在这里！而站在房顶上的欢欢也激动地狂热地叫道：毛丰，你终于来了！她一下子扑倒在屋檐上，可以说是滑倒在屋檐上，我能听到瓦片压碎的声音，但这一切都无法阻止他们俩狂热地握手。一个踮起脚来，一个从屋檐上倒挂下来，都伸出手，但他们依然无法够到，于是那屋顶上倒挂的一个就伸出她的棍子。直到这时候我才发现，所谓的"雷管"，乃是一根拐杖。看上去仿佛是乌木做的，在夜色中发出寒光。毛丰激动地握住了那根拐杖，我看到了他眼中激动的泪水，他不停地叫道：欢欢，欢欢！而那欢则倒挂着尽量不让自己滑下来，由于胸部被压着，她只能气喘吁吁地说：大印还在。

这就是那天夜里我看到那欢时的奇特的场景，但更奇特的场景还在后面。就在我们又激动又尴尬地不知如何是好的时候，几个派出所的人到了，他们凶狠地叫道：谁有炸药包！谁想杀人行凶！

我们都愣住了，还没等我们反应过来，已经有人飞檐走壁似的上了房，老鹰捉小鸡一般把那欢提了下来。那欢勇敢得很，还不停地边挥着她的拐杖边叫：你们要干什么！我没有炸药包！你们要干什么，我没有炸药包，我是吓吓他们的！

那也没有用，那欢从房顶上下来，就被派出所带走了。本来要把我们也一起带走的，幸亏有人作证说我们没有参加这场恶战，这才放过了我们。那欢一边被他们推着往前走一边还叫：我的金鱼儿，我的金鱼儿，我的欢欢在上面……

听到她叫欢欢，我的血液又沸腾起来，那是一条快二十年前的鱼儿啊。它难道还没有老成精吗？我一个大步就沿窗台跳到房顶上去了，这对一个前中国人民解放军侦察员来说不是一件难事。我很快就发现放在屋脊上的那只大铁杯，我把它捧起来一看……明白了，除了一条五花龙睛，还有一枚浸在水中的大印。

五花龙睛当天夜里就死了，是死在我们的寝室里的。毛丰把大印捞了出来，却忘了金鱼欢欢。欢欢在掺和了印泥的水里挣扎半夜，终于没有等到主人的归来。

毛丰并没有利用父亲的权势，只是自己瞎碰乱撞，花了三天时间，才把那欢给捞了出来。我们在楼外楼给那欢接风，设宴的钱是我出的。毛丰说他为了救那欢，已经到了山穷水尽的地步，我得帮他。我说请你的欢姐吃饭我当然愿意，但你也不能这样下去啊，得找你父亲要钱去呀。毛丰说：二傻，你怎么哪壶不开提哪壶呢。我父亲早已严禁我与那欢他们来往，说不停止来往一天，就断绝我经济来源一天。我说这是干什么呀，搞得跟阶级斗争一样。毛丰突然说：为那欢的事情跑了三天，突然明白我家老头子为什么非要我那么做。你父亲能接受那欢这样的人吗？当时我就有点吃惊，我觉得毛丰并不像他自己说的那样无所顾忌。

再次见到那欢我依然不能不大吃一惊。说实话那天夜里的屋顶大战，我根本没法仔细看到她长成什么样儿了，而且她狂呼乱喊的样子让我有些不大敢看，她和毛丰那种战友生死情的样子也让我又嫉妒又有些想入非非。装着男人的一肚子牛黄狗宝，再见那欢，她依然在我的想象之外。她比她的妈姚四小姐要略小一些，中等个子，但饱满而不臃肿。用今天的话说，就是性感。我说不上她的容颜有什么可以形容的，我只能说她的表情非常丰富，像那时候我们正迷着的一部日本影片《追捕》中的女演员中野良子的面部表情。而这一切都还不是主要的，在我看来，杭州城里再找不到一个姑娘像那欢那样打扮自己了。她长波浪发长到腰间，那大大的波浪，我后来才知道是天生的，这在我十岁那年想都没想到过。她穿一袭西式绛红长裙，披着一件长长的黑色的金丝绒大氅，戴一副雪白的手套，手里提着根拐杖，就是那天夜里我看到的传递战斗友情的那一根；脚上呢，蹬着一双长靴，漆黑发亮。奇怪的是，她戴着一副眼镜，但那是一副夹鼻镜。她不时地把它扶上拿下，与她不羁的闯荡江湖般的神气形成小小的反差。总之，那欢在楼外楼门口迎接我的模样让我如雷轰顶，我想就是从那一刻开始，毛丰成了我的最隐蔽的敌人。

我们一群男大学生，跟在这个不知真假的女格格身后，像一群随从。她一瘸一瘸地走在我们前面，我发现她比小时候跛得更加厉害了，长波浪因为身体的摇动而骚动不安地摩擦在腰部和臀部，让人想入非非。她把她的拐杖用得十分夸张，像魔术师手中的点金棒，一会儿挥到东一会儿挥到西。她的嗓音很迷人，不过一听就是一种做作的迷人，装腔作势的迷人。你从此知道有一种缺陷就是美，比如那欢是不能不瘸腿的，不能不装腔作势的。谁都知道这是可笑的，但我们每一个人都被她迷住了。

我发现那欢已经把我们小时候的那一段忘得一干二净了，哪怕毛丰把我的大名沈平建告诉了她，她也没有把我回想起来。她伸出手来与我相握，还拽着我的手转了好几下，显得很妩媚，说：谢谢您，救命恩人。我说哪里哪里，毛丰才是救命恩人，我是瞎碰上的。她歪着头道：照你这么说，你是瞎猫，我是死耗子了。大家听了都哄堂大笑，我也笑了，想试着让她恢复记忆，说：

我倒是有一个外号，但不是瞎猫。大家就叫了起来：沈二傻啊！

那欢看看我说：他看上去很聪明的嘛，不聪明他不会请我的客。毛毛，小心你的竞争者来了。毛丰听了这话，勉强笑笑说：他敢！我发现毛丰那天情绪不高。

可那欢兴致极好，我要了一瓶红葡萄酒，她自己倒满大大的高脚酒杯，就严肃地站起来说：各位兄弟，有幸认识你们这样一群战友，我心里很激动。大家随意，我干了。

我们就在目瞪口呆中看着她把一杯葡萄酒一口气喝了下去。我饿了！她直率地说。他们打你了吗？我们问。他们敢！她边吃着菜边不停地说：我说你们把拘留证给我拿出来。你们这样做，我会让我的律师来找你们的。你们知法犯法，一定会受到应有的惩处。他们一点办法也没有。

你的律师呢？我竟然傻乎乎地问。

不是就睡在你下铺吗？她用筷子指着毛丰，然后一边小心地吸着一个鱼头，一边认真地说：这是一个普遍的问题，全国各地改革家们都几乎面临这个问题。许多改革家都纷纷中途中箭落马，这对中国改革开放的前景非常不利。中国要进入世界这个大格局里去，一定要解决当前改革家们的中箭落马问题。

我们一寝室的男人，听了她的话，简直不知道用什么样的高调去回答好。最后还是我其傻无比地问了一个问题：你们现在该怎么办？听说你们的公司已经让他们查封了。

我们也已经中箭落马了。她说。我发现她非常喜欢"中箭落马"这个词。听听毛总有什么设想，她笑脸看着毛丰。毛丰说：现在我们还是暂时守住阵地，留得青山在，不怕没柴烧。

也不知道哪根筋突然搭住了，那欢突然站了起来，问：毛丰，我的欢欢呢？

毛丰说：知道你会问起你的金鱼，实话跟你说，死了！

她吃惊地睁大眼睛，脸放了下来：真的死了？

毛丰说：真的死了。

她想了想，又坐下了，轻松地说：死就死了吧。

毛丰大笑起来，说：二傻我跟你打赌说她不会在乎，你还不相信，你看她是不是不在乎。

我从桌子底下把隐蔽好的大铁杯拿了出来，里面那条鲜活的小金鱼游得正欢。那欢看着它，欢喜地说：骗我，活得好好的。

我说：是我早上去买的。岳王路金鱼摊子上新买的。

那欢大笑起来，又用筷子点我：那是我家开的铺子。

我说:知道,我本来以为能看到你妈呢。

那欢倒了一满杯酒,递到我手里,说:二傻,我还以为你认不出我来了。

我说:一眼就把你认出来了。

你还跟小时候一样傻!她说。

毛丰这时候才知道,原来我和那欢的关系,比他久远得多呢。

吃过饭,那欢要回家,我以为毛丰会送她,但毛丰说:二傻,你有自行车,你把那欢送回家去。

我又有点吃惊,我们大家都以为那欢是毛丰的了,但那欢显然并不在乎这个。她把拐杖放到我车把上,自己一下子就横跨到我的车后座,然后笑盈盈地说:我跟你有言在先,我是不会跳车的。她没忘记捧着那只大铁杯。

关于那欢一家在我们搬走之后的情况,正是她在车后座上告诉我的。原来他们又回到老屋,饱一顿饿一顿地也不知道怎么回事就长大了,初中没毕业就到街道糊纸盒,因为脚的原因,她逃过了上山下乡一劫。我问她怎么认识的毛丰,她说她常替父亲给毛丰父亲送申诉材料,一来二去地就认识毛丰了。我说那也不可能啊,毛丰也不会跟着他爸爸上班。她推推我的背说:二傻,谁跟你那样僵谁就死定了。申诉材料送到单位去,什么时候才到得了毛丰爸爸手里,就是要找到他们家才行。找到还不行,还要进入他们家。

我突然明白了:欢欢,我知道你是怎么打进敌人胸膛的,你肯定是捧着金鱼缸进去的吧。

欢欢在车后座上扭着笑着,突然问:二傻,你看毛丰这个人怎么样?

我说:你们不是亲密战友吗?你怎么问我。

她突然沉默了,说:没事,也就是那么一问。

我知道她是有心事的,就说:毛丰很聪明,就是有点情绪化。

她坐在我后面,一声不吭,突然抱住我的腰,说:我也是有点情绪化的。

她的一只手上还拎着那个大铁杯,手一抱,就移到我胸下,就见那五花龙睛在我眼前晃来晃去。我一边骑着车一边说:我知道你在乎你的欢欢,你看你把自己的名字都给了它,不过我真没想到你把你的这只大铁杯子保存到现在。你还是走到哪里带到哪里吗?

也不都是那样,这次办公司,我才把它带来了,指望着能活呢,没想到鱼儿还是死了。她叹了口气,让我停了车,跳下,严肃地对我说:二傻,帮我做件事情。

我一看她那一脸大事的样子,连忙说:你说吧,只要我能够做到的，我一定帮你做。

她又开始提改革的事情了：杭州这个地方，不利于改革家的成长，我想到别处去发展。毛丰跟我商量好了，暑假一起到北京去探探路子。

我说那好哇，那你们就去啊。

那欢却又说：可是我又怕毛丰动摇了。

他什么时候跟你说的？我问。

前几天，他把我从拘留所接回来后说的。

我说：毛丰再情绪化，也不会情绪到这个份儿上。再说，他真要不想去了，我会陪你去的。我不是改革家，对当改革家也没什么兴趣。不过暑假里陪你到北京走一圈，我还是敢夸这个海口的。

那欢笑了，是那种故意的媚笑，明显的是要让我高兴。她突然说：我要到北京的金鱼市场上去看看。

我也不知怎么地突然就说：欢欢你就别跟毛丰他们闹了。他们闹出事来都没关系，有后台，你怎么办？你还是把你的金鱼儿卖好吧。

那可不行。她朝我挥挥手，拐杖又开始像点金棒点到东点到西：没有改革我就永远只能守着这几个塑料盆子小打小闹。等我有了钱我要在西湖边盖一个大金鱼馆。我要让全世界最好看的鱼儿都游到我的馆里来，不相信你走着瞧。

她一瘸一瘸地走了,嘴里哼着什么歌。大街小巷所有的人,以各种各样的心情向她行注目礼。

我们就那么一前一后朝杭州城的贫民区走去,它们像一切老城市中的贫民区一样拥挤、狭窄、脏乱。拎马桶的女人们纷纷走过她身旁,与她热情地用马桶刷子打招呼,她则扬起她的拐杖与她们亲切对话。她很有人缘,一路上那些杂货店老板、收电话费的老头、管自来水龙头的,甚至拉粪车的都亲热地叫着她:欢欢,欢欢,欢欢……我离她不远不近地跟在她后面,又像路人又像保镖,这也确实很像我后来与她之间的那种关系。

走到岳王路一条逼仄的小巷时,贫民窟的瘸腿西施突然站住了,像一道亮丽的风景线,回过头,朝我仰了仰脸,举起拐杖,两腿一跳分开,做持枪状,叫道:站住,不许动。她早就发现我已止步不前。

我们走进一个并不大的墙门,一个长着青苔的天井,并且已经被东一间西一间的小屋蚕食。她又带我进入了一个小门,又是一个天井,旁边是厢房,又一个后门,又一座天井,但已经不像天井了,自行车把空间几乎已经占领。凡是没有天井的过道几乎全都漆黑,我们就像地下工作者一般摸索前进。那欢像她手里的那条金鱼儿,游刃有余。最后我们终于走到了黑暗尽头,我发现一个篱笆,几乎让我产生一种错觉,以为我们到了一个鸡圈，但我很快发现我错了，实际上我们到了一个金鱼王国。这个小院子弯弯斜斜，显然是住房进行蚕食后的最后的边角料，但依稀间我仍然看到了雕梁画栋。由于恰到好处地放了盆、缸和架子，里面又养了各种金鱼，加上脚底下铺的鹅卵石，因年深日久而残破不平，小院子倒显出一种特有的古趣来。

有一个中气十足的声音，带着一点官腔，用一种标准的杭州普通话说：姚四小姐，大小姐那欢赴宴胜利归来了。

说话间，一个小个子的干瘦老头儿，坐在一张旧竹躺椅上，在一盆盆金鱼之间仰起脸来。他有一副奇特的面容，尖下巴，一头卷发长过耳下，像女人的发型，夹在脑后。他围着橡皮围裙，足蹬一双高帮套鞋，一双小手很精致地弹着烟。他身边有一只烟缸，一杯茶，他头上挂着一只鸟笼。不用说，他就是金鱼王国的国王那老爷子。

那欢指着我问：老爷子，你看我把谁给你带回来了？

那老爷子站起来用手作了一个揖说：如果没有猜错，这位就是沈三白的后裔沈二傻了。

他的话音刚落，姚四小姐带领着一群男女青年从黑洞洞的门里面突然冲了出来，二傻二傻地叫成了一片。姚四小姐虽然老了，但热情如故，又是茶又是烟，把我搞得也很激动。其实我们若在大街上迎面走过，谁也不认识谁了。我不好意思地问:那先生认识我的上辈?

那欢笑了起来,说:爸爸,他没看过《浮生六记》。然后就从她爸爸的烟盒里掏了一根烟,笑嘻嘻地说:就抽一根。

有什么办法呢,大小姐要过瘾,我不得不伺候啊。只听"嘶"的一声,那老爷子就给他女儿点上了一根劣质烟。那欢美美地抽了一口,朝我丢了个媚眼,说:噢哟,在他们知识分子堆里憋也憋死了。

那老爷子一边给自己也点上一根,一边说:二傻啊,说你跟沈三白有关系那是开玩笑。沈三白乃江南人,你父亲山东人,一九四九年五月三日那一天解放杭州城,和沈三白没关系。不过我一眼就把你认出来了,你和你家老头儿很像,个头、神态都像。小毛和他们家老毛也很像。你们的父亲刚进城我们就认识了。他们是接收大员,我嘛,是败军之将啊!

他得意地看着我,他说"败军之将"四个字时的样子,让我想起了那欢说的"中箭落马"四个字的神情,这里面有一种说不出的渊源。

姚四小姐一边给我们端上来一小碟子瓜子儿,一边说:什么败军之将,亡命之徒!

那欢的几个弟妹又都笑了起来,指着他们的爸爸说:亡命之徒,亡命之徒,亡命之徒!

他们的样子让我想起当年我们在厕所门前各奔东西时的欢呼雀跃般的告别——再见，再见，再见！

那老爷子也笑了，眯着眼睛躺在竹椅上，得意地回首往事：二傻，你不晓得这段出典，那时候你家已经和我家搬开了。本来我也不会当亡命之徒的，为来为去就为了我睡觉的呼噜太响，夜夜都要把隔壁邻居打醒。人家本来就是"造反派"，真是赶我们不走的苦哇。种种办法都用尽了，就是想把我弄回农场去。但是我们农场烧掉了，人家不要我们，硬要我们回来，你说要死不要死。再说我嘛也记挂我那两条金鱼，我不在，它们活不安生。我不管三七二十一，白天躲在家里，夜里嘛，你猜我到哪里去睡觉？老爷子哈哈大笑起来：我到你们家住过的男厕所睡觉去啊，睡了一年呢。

话说到这里，那欢突然说：爸爸，刚才我看到骆家姆妈了，腰骨笔挺，还叫你们到她家去走走呢。姚四小姐一边应着一边说：骆家姆妈就是当年要赶我们走的邻居，他儿子要结婚了。我听到这里，忍不住说：那你们还和他们来往。那老爷子说：是他们向我们赔礼道歉了，我就表了态，过去了，一阵风吹过了，从头开始了。

我还从来没有见过这样能够化悲痛为力量的人呢，一时不知说什么好。那老爷子挥挥手说：欢儿，和你同名的金鱼欢欢怎么样?

那欢又笑了,说:爸,二傻真是二傻,毛丰把我的欢欢弄死了,二傻怕我伤心,又买了一条,你猜买的谁家的?

老爷子说:猜都不要猜,我家的。二傻跟沈局长一样,忠厚之人啊。

姚四小姐连忙补充,二傻忠厚,毛丰啊,乱头阿爹一个。

老爷子说:毛丰乱是乱,心里明白,他想自己的事情多。我看看都看出来了,他来我家那么多次了,我这一院子的金鱼,他从来没兴趣。

那欢又给我抛了个媚眼,我连忙就站起来说:我早就想看看你们家的金鱼了。


我老婆下班回家时从信箱里收到一份给我的请柬,请我明天去参加一个新闻发布会。封面上一个雍容华贵的东方女性朝人微笑,她的脸的下半部,被一条美丽的金鱼遮住,使其造成一种"犹抱琵琶半遮面"的唐人意境。我想,这不是那欢和欢欢吗?请柬上有一句口号:杭州,全世界金鱼的发祥地!

我对老婆说:那欢回来了,要搞一个关于金鱼的大行动,我去捧场。

我老婆认真地看了看我，好像要检验我够不够得上捧场的级别，最后才说，去就去吧，你们的狐朋狗党，跟我有什么关系。

我说：你要还对我的老朋友进行污辱，我就永远睡沙发。

我老婆又认真地看了看我，突然说：谁说杭州是全世界金鱼的发祥地了！谁说的？那欢胡说八道，害你还少吗？要不是她，你至于落到今天这个地步吗？

我说：已经到这个地步了，破罐子破摔吧。

不过当我决定把我自己当破罐子摔时，我老婆又把我当八宝箱了。那天夜里当然不可能睡在沙发上，我老婆对我实施了一番美人计后，正告我：沈二傻，我警告你，不许跟那个鱼妖旧情复发。我说：你有没有毛病，人家结婚那么多年了，出国也好几年了，我想复发，人家看不看得上还是个问题呢。我老婆指着请柬上那个下巴处游过一条鱼的头像说：你看看，这是新闻发布会吗，这是胡汉三，这是还乡团打回来了。

我大笑起来，把被子都踢出去老远。我老婆问我笑什么，是不是那欢归来让我乐疯了。我说不是，我是想到，不知今天夜里有多少像我老婆那样的女人发神经，逼得丈夫走投无路。那欢真的就是洪水猛兽吗？至于让男人们的老婆这样坐立不安吗？

我老婆严肃地想了想,说:二傻,你是最忠诚的男人,连你这样的男人都差一点跟着她去,说明她与众不同。我认为她不是人,她是妖怪,她很可能就是花港观鱼的鱼妖。

我不敢说我的妻子一点道理都没有,那欢的确给人一种非人的感觉,她的确让我想到月妖、花精、鱼怪……有时我想,那欢是可以入《聊斋志异》的。

"杭州——全世界金鱼的发祥地"的新闻发布会,就在花港观鱼的蒋庄召开。我看到许多老熟人,他们多少都有些变化,但那欢真的变化不大,她老远就朝我伸出手来,歪着头笑说:二傻,二傻,我知道你一定要来的。

她穿着干净利索,不再奇异怪状,头发梳成一个东方型的髻,淡淡的口红,眼角有了一点细细的鱼尾纹。她久久地拉着我的手,不肯松开,她甚至说:二傻,我想死你了。

我看看来参加会议的熟人,她仿佛知道我潜意识里想的是什么,凑近我耳朵说:等一下会议结束你留下,我和你还有单独活动。

她身上有一种从国外带回来的香气,有点像藏香,特别刺鼻。我也对她耳语:谁说全世界的金鱼都是从杭州来的?

她说,看到我的请柬了吗,那上面都写着呢。你猜是谁的文字——那老爷子的。

请柬上那一段文字是这样记载的:中国饲养金鱼的历史已经有一千多年。北宋初年杭州六和塔寺后的山涧里,放养了天然的金黄色鲫鱼,开始了金鱼由野生进入半家化饲养的发展阶段。因金黄色鲫鱼周身鳞片金光闪闪,故自此有"金鱼"之名。自宋高宗在杭州德寿宫内把金鲫鱼养在家池中,金鱼开始从半家化进入家化饲养,自南宋至明代,金鱼又由池养过渡到盆养时期。十六世纪初,中国金鱼传入东邻日本,十七世纪传入葡萄牙,十八世纪传入美国,以后遍及全世界。

那上面也没有说杭州是全世界金鱼的故乡啊。我说。

这不就是一种说法嘛,什么话还不是人说的,比如过一会儿就要发布我们那家是金鱼世家,我那欢就是"鱼儿那"的传人。

什么"鱼儿那",我从来也没听你说过。

那欢笑了,说:还不是建安出的主意。他说杭州历史上有一种专门养金鱼职业的人,人称鱼儿活。建安变通了一下,我就成了鱼儿那。

毛丰说你和陈建安会联系,我还不相信。

他出狱了,还是我把他接回来的呢,他老婆早就跟他离婚了。

这下你这个"国际警察"又有事干了,我说。他把你害得还不够,你真是不长记性。

她看了看我,说:算了,过去了的事情。再说不是你,我也不会认识他。他现在落魄,我们大家一起做点事情,也算是相互帮一把。知道你不喜欢他,我没让他来。说起来你们还做过战友呢,他在监狱里,你一次也不去看他。

我说:我连好人都没心情看,我还去看坏人?

知道,要不怎么叫你二傻呢。她就过去张罗来往的记者,她的拐杖现在是一根银色的细致的金属棒儿,很时尚。她穿着一套白领丽人的碎花春装,说不清是什么颜色。我没进去开她那个什么世界金鱼故乡会,只在外面听她说她为什么叫"鱼儿那"。她讲话的声音可用俏声软语来形容,和她从前的风格很不相同。她现编词儿的功夫一点也不比从前弱。据她自己说"鱼儿那"这个叫法已经有三百年了,跟什么泥人张,什么张晓泉剪刀,什么都锦生丝绸性质是一样的,而且比他们历史还要悠久,因为她那跟着清军入关的祖上就是军中一名养金鱼的高手。她那么现编现挂应该是漏洞百出,但奇怪的是记者们个个深信不疑,也可能是被她那独特的气质震住了。我在窗外看着她优雅地坐定,侃侃而谈道:当我们站在那一尾尾美丽无比潇洒无比的观赏鱼前时，难道我们的心没有变成一尾鱼吗？难道我们不想急切地立刻就游入那春意盎然的水族世界吗？请闭上眼睛想一想吧，鲜花，鱼港，红鱼和欣赏它们的人群。当那鲜花落在池水中时，鱼儿争相来啄的样子，这样的景色，唯有什么地方独有呢？杭州，只有杭州。所以，我们爱新觉罗家族的皇帝乾隆才会站在湖边写下这样的诗行：花家山下流花港，花著鱼身鱼嘬花；最是春光萃西子，底须秋水悟南华。

有一个记者还算聪明，突然发问：关于杭州金鱼的最早记载是从什么时候开始的？这还真是吓我一跳，据我所知，这么具体的问题，那欢是回答不出来的。我靠着窗子听她怎么回答，就见她沉着地回答：是苏东坡啊，他写的诗里，有一句"我识南屏金鲫鱼"，这就是杭州金鱼的最早记载。

我真是担心别人再问她第二句，我敢保证她只知道这一句诗，再问就露馅了。只见她淡淡地看了我一眼，突然指着桌子上一只大茶杯说：多少年来，凡是我人生中重大的事件将要发生，我就必定带着这只大茶杯。这只大茶杯是我爷爷生前所用的，他是鱼儿那传人中最辉煌的一位。他死的时候这杯中盛着一条刚刚出生不久的五花龙睛，从此凡是我想要做一件大事情，我就在这杯

花港观鱼

中养一条小五花龙睛。只要它不死,我们鱼儿那的事业就一定能成。这么多年来,我做过许多事情,我的五花龙睛,有死的,也有活的,这一条,出生一个多月了,还活着,非常健康。因此我相信,我们想在杭州开一家大水族馆的愿望,是一定会成功的。

她这段话说得特别抒情,把真事都说假了。其间,这只大铁杯子已经被记者们传了一个遍。这使我很吃惊,这的确就是我童年看到的大铁杯。我不知道她用什么办法让它保留下来,竟不曾烂掉。看上去它只是外漆更加斑驳陆离一些,其余一切照旧。然后,我感觉到她的目光转向了我,她激动而深情地说:请看一看吧,这就是我青梅竹马的好朋友沈平建先生。三十年前,我们两家一起落难,我就是捧着这只大铁杯和他相识的。他可以为我做证,我的大铁杯子里,就是盛着一条五花龙睛的,是这样的吗,沈先生?她突然抬高了声音问我。

完了,我想,我上了那欢的当。我只得含糊其词地说:好像有那么一回事儿。

在你和鱼儿那度过的日子里,那条五花龙睛果然没有死吗?

我点点头,想到这的确是真的,在我们童年的记忆里,那条五花龙睛的确是不死的。

死在我手里的那欢家的鱼不止一条。那是许多年以前，我从那欢家回校，已经是晚自修的时间了。我拎着一个大塑料口袋，里面盛着那家送的金鱼，各种样式的有好几尾。那欢还顺手捞了一根水草说，是柳叶草，好养，一片叶子插在砂里就能长成一株水草。一进寝室，就见毛丰独自坐着，看着我就大笑。我说你笑什么，还不给我弄只脸盆来。他一边给我找脸盆接水，一边对我说：我就料到你必定如此归来无疑，我看看那欢给了你一些什么宝贝。我说我也不懂，不过真是好看，就拿回来了。

　　那天那老爷子给我的金鱼，全是龙种，有两条红水泡，眼睛大得像蛋黄，在水里晃来晃去，还有一条红丹凤，一条全黑的墨龙睛。那老爷子说，按道理我们初养金鱼，不要养太名贵的，比如珍珠、水泡和蝶尾什么的，但我是珍贵的老朋友，患难之交，所以要把好金鱼送给我。毛丰拎起塑料袋要往脸盆里倒，我说不行，自来水是生水，得放一点苏打。毛丰一听就靠到床上去了，说：看来你和那欢真有缘。

　　我说你这毛猴子不识好歹，我还不是给你打圆场。你们是改革家，我是看客；你们是战友，我是路人；你们是情人，我不过是个老邻居。今天应该你送她回家，人家还不是为你才上房揭瓦进班房的。

毛丰突然说：二傻，你有没有想过，其实他们还是想改变自己的阶级地位。他们改革，还是由自己的阶级利益决定的。

我愣了，有点不高兴，我说：你这时候不应该那么清醒。

毛丰说：我真不应该那么清醒，我跟那欢上床了。他说这话时我正在往脸盆里放苏打，听这话时我耳朵嗡了一下，眼前就黑了一片。

毛丰问我，你怎么不说话？我怔了半天才说，我真不知道说什么，你跟她都那样了，你还那么清醒。毛丰垂头丧气地说：二傻，你没跟女人上过床，我没法跟你说那是怎么回事……不不不，我不是说她在床上不好，她在床上和一切姑娘一样美好、多情……我轻吼了一声，你别跟我说这个！他看我的样子，连忙打住，说：我是想说，走得太近了，才发现距离。

这时候我已经把金鱼们倒进了脸盆里，它们在水里自由自在游动着。我蹲着看了半天，什么都没看见，半天才问：这么说，你真的不会陪那欢去北京了？

毛丰好像有点吃醋了，问：她连这个都告诉你了？

然后又好像要为自己的口气道歉似的说：我肯定不会去了。那欢他们这个层面的人，可以用，但说到底不是一回事。你和他们时间接触得长了你就知道了。他们啊，可以说都是乞丐王国的人。

我也不知道怎么回事，额角一热，上去一把按住了他，叫道：那你干吗糟蹋人家女孩子?! 就算人家是乞丐王国来的，人家也是好姑娘，肯为男人舍命的女人，养得出那么漂亮的金鱼的女人。你，你是个什么狗东西，昨天还跟人家睡觉，今天就想扔了人家，你连一条公狗都不如！

毛丰听了这话，一下子跳了起来：沈二傻，你给我闭嘴！谁糟蹋谁，你懂个屁。你知道他们这些弄堂里的姑娘们是怎么样生活的！你傻瓜一个，笨得像脚后跟。知道什么是女人，配跳出来替她打抱不平吗？

我端起眼前那盆金鱼，一股怒气就喷上来，一盆水连带那四尾金鱼，劈头盖脸就打到毛丰身上。一场混战在方寸之间打得天昏地暗，红水泡、红丹凤、墨龙睛，都让我们当了手榴弹，来回地撞在我们脸上，滑溜溜地扔开了花，发出啪啪啪的响声，然后又都被踩在地上，粉身碎骨成一团泥浆。最后我们各自瘫在我们的床上，毛丰一声不吭，突然捶着床板大叫：沈二傻，我不许你走近她！

我睡在他上铺，也捶床板：放你妈的狗屁，我爱走近谁就走近谁！

毛丰突然平静了，说：那你就等着受折磨吧，我反正是有言在先了。

说完这句话他竟然就睡了,一会儿就打起了呼噜。我呢,起了床,把那几条已经不像金鱼遗体的遗体收拾了起来,送到门口一株芬芳的栀子花下,挖了个坑,埋了。

那欢一直和毛丰保持着往来,直到毛丰有一天不再想利用"乞丐王国"。那时他的原始积累已经完成了,但那欢依然不以他的伤害为然。我讨厌她对伤害她的一切并不经意。新闻发布会结束,我和她单独走向公园后侧的花家山时,我明确告诉她,我已经很多年和毛丰没有来往了,我以后也不想和他有什么来往。那欢拖长声音说:何必呢,都是过去的事情了。

我说你那么宽容,他怎么不来参加你的发布会啊,我料定你给他发了通知。

她又笑笑说:人家现在是大老板了嘛,怎么可能说来就来呢?我们多请他几次,他总会来的。

我不想久别重逢就吵架,但我实在不能接受她的处世态度,我说:我也很忙,以后也未必有时间参加你的活动,要请你原谅了。那欢朝我举起了她那根细拐杖,轻轻打在我的背上,说:二傻,我打你!

我顺手拉住了她的手杖,这时我们正好走到了一株桃花树下,正是花开得最浓艳的时候,一片花瓣落在她脸上，然后又落到我们脚下的鱼池中。我心里一热，眼睛也热了，放下手杖说：那欢，你就不要再把我拉到这里来了。

那欢把手里的面包掰给我一大半，却兴致勃勃地说：走，喂鱼去。

这是我从前常来的地方，因为那些金鱼。那欢曾经带着我走遍杭州所有可以看金鱼的地方，但我们来得最多的地方还是这里。此地偏于杭州西山，南宋时有个内侍叫庐允升住在花家山下，私宅名叫庐园。一条小溪流经庐园，注入西湖，水就因了山名，曰花港，地又因为水名，也叫花港。当年的庐园很美，花木也很茂盛，又有水池养了数十条金鱼，来看金鱼的人很多，花港观鱼出了名，庐园倒被人忘了。后来几兴几废，现在有金鳞红鲤几万条。这些往事，都是那老爷子告诉我的。

曲桥上人很多，投下一点吃的，鱼们哗啦哗啦全来了，刹那间就染红了半池水，上面又浮着一层落花，实在好看。再看看穿碎花裙子的那欢，真觉得物是人非。那欢一边在水池旁喂鱼，一边缓缓地指着一条白色底子缀以红黑图案的鱼说：你看到了吗，这叫大正三色，从前我在这里没看到过。这是日本人于大正四年培育的，和红白锦鲤一样，都是锦鲤的代表鱼种。知道锦鲤吗？记得我从前告诉过你，那是日本人从中国红鲤中改良而来的。不过我一直也没有想到，锦鲤还是日本的国鱼。日本人每年还有一次品评会，优胜者还被授予总理大臣奖。

怎么老说日本鱼，好像你不是从拉丁美洲回来的一样。我开了句玩笑，她也笑了，一边推着我往人少的地方走去一边说：二傻，我知道你结婚了，有孩子了，知道你老婆凶得很，还知道你被你们机关精简了，你的事情我全知道。

我说：我知道你在委内瑞拉，在洪都拉斯，在阿根廷，在哥伦比亚，后来听说你到了匈牙利，到了南斯拉夫，只是不清楚你有没有接见米洛舍维奇……

那欢就用手肘挑逗地搡了我一下：干什么啦，讨厌……

她总是直接地拿出她的女人的武器来，二十岁时这样，四十岁时还这样，让我骤然警惕又心旌摇荡。我回过头来，看到了她眼角的鱼尾纹，我说：我不相信别人对你的任何传说，你跟我说实话，你到哪里去了？

她细心地喂着红鱼，说：我只去了一个地方——

——你到日本去了。我接口说。她晃晃脑袋，又用手指点了点我的额头，说：二傻，你可真是一点也不傻，我找你找对了。我连连摇手说：别对我动手动脚，我可是正人君子，不参加你们乌合之众的鬼把戏。

她退后两步，用拐杖点着我的鼻子：住嘴，不准说我们是乌合之众。这一次绝对、绝对、绝对是一个大事业,是一个机会,一个改变我们生活的大平台。二傻,我跟你说了,你参加也得参加,你不参加也得参加!

她说这话的神情一点也不像已经是历经沧桑的中年女人。我说:那欢,你在日本待得下去就待下去,你回国来干什么?

她嗲嗲地向我宣布:现在是回国发展的大好机遇,我们在国外的人都已经意识到这个历史的关坎了。中国马上就要进入WTO了,杭州很快就会成为世界大都会。在这个城市里,我们一定要有自己的位置。你,我,我们怎么能够作为一个旁观者呢?二傻,应该行动起来了,现在动手还来得及。毛丰做得到的事情,为什么我们就做不到。

她依然和她年轻的时候一样错位,我不知道她错在哪里,但我知道她是错了。我说:昨天夜里你又在参加什么改革者论坛了吧。

那倒也不是,她一本正经,仿佛我的话里没有讥讽。我参加的是类似于财富论坛的对话,是网络对话。

我说,统统都是泡沫!她微笑地承认:是泡沫啊,不过泡沫也是水,水的一部分嘛。我说:社会就是让你们这样的水的一部分弄糟的。什么"鱼儿那",这么多年你还没改了胡说的坏习惯。

哎，这可是个成功的创意，是我们筹建世界观赏鱼会馆的第一个抓手。

什么抓手！什么创意！这些词汇都是从你那个陈建安嘴里出来的。

用人所长嘛，你管它是从哪个乌龟王八蛋嘴里出来的，只要对我们的会馆有用，我什么人都能接受。

他把你害得还不够吗？要不是他，十年前你会进去吗？

那倒也是，这个家伙，就是骨头软，没几下好吓。她轻轻地摇着拐杖，斜乜着看我：不过谁伤害也不如你伤害我深啊。

我！我气急起来，我不知道该说什么，又实在不想旧事重提，闷了一会儿，才冒出一句话：谁伤害谁啊。

她就轻轻地拍着我的背，说：行了行了，生什么气啊，能看到你就是我的造化了，我想你想得不可告人呢。

这话我明媒正娶的妻子从来也没有说过，也就是那欢才说得出口。我想我和绝大多数男人一样，听到这样的话心就软了。我说：欢欢，你让我留下来，就让我听这些啊，我可是没有资格再听你的这些甜言蜜语了。

哪里的话啊，我是让你陪我去小花港呢，捞金虾儿去啊。

她一跳，顺手就从头上的柳树上拽下一根柳条来，剥去外皮，绕成一个圈，然后就三绑两绑地绑到了她的拐杖上。说话间我们已经到了小花港，也就是公园后门的一条小河，两岸长着蔷薇，正含苞欲放。她看看我说：还记得吗？

这就是我们十岁那年第一次来捞金虾儿的地方。这地方水比较净，现在正是鱼虫繁殖的旺季，又加上天气比较闷热，鱼虫就浮了上来，水面上呈现出一道棕红色的网状体。还没等我说什么，她一把抓住我的肩膀，跷起她的那只好腿，甩了皮鞋，三扒两扒，扒下丝袜，她的雪白的小腿肚一闪，让我想起刚才花港池中的白鲤鱼。我说你干什么，你总不至于下湖游泳吧。

你不要说，再过两个月，我们真的可以横渡钱塘江去，她笑嘻嘻地说，一眨眼间已经用丝袜做好了一只捞金虾儿的网袋。我说不行不行，天气还凉，你的腿又不好，还是我来……

她说：你不行，还是我来。

我说：那也不用那么急，到岳王路市场上去买吧，你能要多少鱼虫。她看看我说：你以为我就开个会当拆白党，我们已经行动起来了。我问她行动什么？她说：养鱼啊，各种珍奇品种啊，光我们家那些品种怎么够，陈建安已经养了两个月鱼了。

我听了这话简直要笑出来了,好半天才说:闹半天一个鸡蛋的家当啊。

那欢一点也不被我的冷嘲热讽所触动,她兴致勃勃地捞着金虾儿,一边说:实际上鱼多鱼少不是主要的,主要是通过那么一个展示,提供那么一个说法,那么一个理念,最最主要的,是要有一个大的场所。二傻,你看花港公园是不是可以通过重新改建,整合成一个世界观赏鱼会馆呢?

我还来不及说什么,只听扑通一声,那欢就掉到水里去了。水并不深,但也够我们折腾半天。我把她捞出来时,她顺理成章地依偎到我身上。我老婆警告我不准发生的事情终于发生了,她搂着我的脖子,眼泪汪汪地说:二傻,你帮帮我吧,反正你现在没有事情,跟我们一块儿干吧。

我叹了一口气,说:我能帮你做什么呢。

你给我到毛丰那里,把这个项目谈下来。

我说这万万不行。她湿淋淋地靠在我身上,这时我已经怀疑这一切都是她精心策划的,但没有用,我迷恋她。她说:二傻,我求求你,我就想在西湖边做一件自己的事情。你跟毛丰去说,你让他投一笔钱,让我在这里开一个观赏鱼会馆,你就说这是你的主意。他听你的,我知道,我知道的。

我到底还是去找毛丰了。严格地说,不是我去找毛丰,而是毛丰来找的我。他给我打电话,我不在,我老婆接的,说是他有要紧事情要找我去见一面,他请我吃饭。我老婆看上去很平静,其实很激动。毛丰太有钱了,他才是参加财富论坛的那一族,而且别人大多是新贵,他是新贵老贵一起算。他请我吃饭,可以类比于总统接见。可我不想去,我既不想到他手下打工,也不想替那欢游说,但毛丰的电话又来了。这几年他深居简出,不与媒体有任何交往,越来越显出大人物的神秘。他如此急召,必有大事。我还在犹豫,说我忙得很,病了。毛丰说:行了,来吧,那欢说你有要事找我。我说:狗屁,我有什么要事。他说:我知道,实际上是她有要事找我,你来吧。

我们就这样见了一次面。他见面就跟我说:二傻,别啰唆,我的人事部空了一个位置,你马上来报到,年薪五万。我也马上说:毛丰别啰唆,我不会来的,我不想参加你的财富论坛。他又说:我求你了还不行吗?你这穷酸臭知识分子,架子摆到这时候也差不多了,你还想真的等着你老婆把你赶出来。我说:被我老婆赶出来也比在你眼皮底下晃来晃去强。他想了想,说:我知道我脾气不好,不过对你我会手下留情的。我说,不是你脾气不好,你基本上就是一个独裁者,我怕和你在一起,最后落得个被屠杀的下场。他笑了，说：二傻，你对自己估计也太高了，我不跟你说这个了，再给你提个醒，那欢的事情，你不要插手。

我站了起来，问他要了一根烟，我已经戒了烟了，是被他这个问题破了戒的。抽完这根烟，我单刀直入，说：帮她一把吧，你毕竟爱过她。

他的脸一怔，声音突然就冷了下来：不如说我毕竟和她上过床。

我把烟蒂拧在他的烟灰缸里，我在心里是当拧在他脸上的，我说：那么多钱也没有把你教好，你还是那个王八蛋！

他也无比尖刻地回敬我：那么落魄你也没有变聪明，你还是被人卖了还帮人家数钱。

幸亏不在饭桌上，我站起来要走，不过也没忘记再给毛丰一击：毛丰，我与你交往一场，终于发现，你还不如一条五花龙睛。

他一把抓住我，他真生气了，我知道他是一个非常容易动怒的人，而且猜忌心很强，这一切都写在他的脸上。他说：沈二傻你这蠢猪，你以为那欢就那么容易出的国，不是我帮忙，我出钱，我疏通，她能出去？她出去，连她丈夫也一起跟着走，你以为这是天上掉下来的好事情？都是我帮她办的。现在她又回来了，又要做事情。她永远离不开她那几缸鱼,她的事情就是鱼的事情。二十年前她就在这条起跑线上,现在她一点都没有挪窝,她还在鱼缸里打滚。平建,你要还跟这样的女人鬼混在一起,你就彻底完蛋了。

我听得如凉水浇顶,正想不出词儿来回敬毛丰,毛丰的手机响了,他接着电话,脸色就努力缓下来,一边说:正和平建谈着呢。再说吧,我考虑考虑,是个好事情,论证一下再说。他把电话就递给了我,天知道竟然是那欢打来的。她在电话里温柔地说:二傻,太委屈你了,让你帮我做这样的事情,你回来吧。我说:行了,你的事情到此为止了,你爱找谁找谁去吧。正要挂机,她在那边带着哭腔说:二傻,我的金鱼正在人工繁殖,身边的人手不够,你快过来吧。我看看毛丰,对着电话筒,尽量平静,但还是有些失控:你几岁了,你年纪都快半百了你还在这里哭什么呀你,等着我过来,我过来也没有用,我又不懂人工繁殖……

我把手机还给毛丰时,毛丰突然笑了起来,说:二傻啊,你股票又套牢了。

我突然也心平气和了,我说:毛丰,那欢太不容易了,她想做这个项目也是好事,对女人你不要太狠。

毛丰送我下楼,一边说:商场上没有女人男人,只有母狼公狼。我也不是不愿意帮助那欢,但是她周围的人不好，社会形象不好。你懂不懂？事业发展到一定的阶段，公众形象代表的可信度就太重要了。她的心太高，自己的位置又太低，二十年前拼一拼或许还可以拼出来，现在不行了。你看她周围一些什么人，那个陈建安，刚从牢里出来几个月，你说这样的人能摆到桌面上来吗？

我长叹一口气说：毛丰，你比我更知道，她真是喜欢她的那些鱼……

毛丰回答：那就老老实实在岳王路摆她的金鱼摊吧，二十年摆下来，现在也卓有成效了。再见。人事部的位置，三天之内给我回话。

不得不佩服毛丰的预见，我一到那欢家就给她套住了。这是个新建小区的一楼，当门就贴着那张"全世界金鱼故乡"的张贴画，半张女人的脸和一条金鱼钉在墙上，越一本正经越令人悲哀。那欢神秘的眼睛后面有我看到的勉为其难。客厅里因为没有什么家具，所以看上去还挺大。到处摆满了盆缸，还有塑料管子，满地湿淋淋的，那欢正盯着一个盆子看，见我来了就叫：建安，救兵来了。里屋就出来一个中等个儿的消瘦男人，头发还没有完全长出来，一看我就说：平建，我手上都是东西，不招呼你了。我说：你们还真养起金鱼来了。他说：出来两个月了，不养金鱼干什么？那欢哪里还让我们多说话，扔给我一件白大褂、一副塑料袖套，就赶鸭子上架地干上了。我说你们让我干什么呀？那欢说：简单得很，看见了吧，这几条鹅头红已经发情了；看到了吧，雄鱼盯着雌鱼追；雌鱼呢，你看到了吧，已经有少数卵子排出来了，这时候你就把它们双双捞出来，放到这只干净脸盆的清水里去。看到了吗，让它们的这两个生殖孔对住……

她边说边做，一本正经，我忍不住看看陈建安。他对我说：我一开始以为很复杂，其实不难。我问他：你们开鱼馆就开鱼馆吧，怎么还搞这个名堂，你们这样不是跟岳王路摆金鱼摊差不多。陈建安说：本来就是差不多的，不过事情做得成，就把场地换一个，从岳王路搬到花港观鱼去。我看看他，他那双桃花眼现在已经布满了细细皱纹，他的精致的女人一样的嘴角耷拉了下来。从前就是这两样东西把那欢的心迷了去。我说：再过半年就开西博会了，能行吗？

陈建安说：那欢说行。

那欢一边小心翼翼地给金鱼们配着对，一边说：行，行，一定行，一定要有信心。毛丰不是已经说了可以考虑，是一件好事情吗？二傻，快别说了，你看你看那盆红玫瑰，也已经发情了。快，你快看看温度表，几度?啊,22度?差不多了,23度的水孵化最好。水草够不够,你快看看,水草够不够啊……

陈建安蹲在那里,一会儿扑到东一会儿扑到西,看上去个子就矮了许多。我两手浸在水里,金鱼们飘逸的尾巴滑过我的指缝,恍然若梦。那欢在我身边叫了起来:快啊,用手轻轻地挤,中指顶住鱼肚子,轻轻地抖……她不让我再想下去了。

在部队时我和陈建安并不太熟,他是营部的文书,我在连队,没多少往来,只知道他是一个生性活泼的人。我从部队回来上大学之后,他还在部队提了干;我大学还没毕业,他转业到了杭州机关大院。就像我通过毛丰与那欢久别重逢一样,陈建安是通过我认识那欢的。

我并不知道陈建安有什么背景,但在当年住房十分紧张的情况下,他在杭州又没什么亲属,竟然分到了一个小套,这应该是十分蹊跷的事情。不过我没想那么多,他给我打电话,让我到他那里去坐坐,我就去了。那个小套很让人羡慕,虽然没什么家具,却是一个自由的所在,阳台上还放着一个空空的玻璃鱼缸。陈建安说是他看着喜欢买的,但他不知道什么时候能够配上金鱼。我就说可以带他去见一位熟人,她家里或许能帮他配到金鱼。

那时候我和那欢来往挺多，一般来说我总是担任她的司机，用自行车后座。她很忙，常有过往的改革家找她，她得安排住宿，请他们吃饭，把她自己的腰包掏光之后，顺便也掏光了我的腰包。她没有什么正常收入，但时不时地也会有一些额外的补贴，倒卖一些鸡零狗碎的东西。她的气魄很大，总能让那些大人物们对她另眼相看，他们和她告别的时候，会郑重地告诉她，一旦机会成熟，立刻把她召往东南西北，共图大业。我怎么看都觉得他们更像是在水泊梁山忠义堂。我开始明白毛丰为什么突然快刀斩乱麻，不再和这些人来往了。

那欢几乎从来不提毛丰，提到时也轻描淡写，她从不说毛丰的坏话。我看不出她有什么伤心的地方，仿佛她习惯受伤了。

陈建安第一次到那欢家去，我实在看不出来他和那欢有什么猫腻，那老爷子依旧躺在竹椅上夸夸其谈，临走前那欢陪陈建安挑金鱼儿。我记得陈建安还说：你说，你说了算，你说什么样的漂亮，我就要什么样的。结果那欢给他选了一条全红珍珠，一条弓背红白寿星头，两条红黑蝶尾龙睛，那可都是珍品。陈建安又问该怎么养，那欢说要给它们吃金虾儿。陈建安说，你带我去找。接下去情况就发生了变化，事后我想起来，实际上从第二天开始我就解除了义务司机的角色,那欢不再找我了。我曾经去过陈建安那里几次,他都和那欢在一起,一口一个欢欢,还嗔怪着说:欢欢,我给你买的早点,怎么你到这会儿还没吃。这时候我才知道,那欢的早餐也已经由陈建安包了。

去北京的护花使者自然也被陈建安替代了,陈建安说他在北京有亲戚,他可以帮那欢省钱。那欢仿佛没有觉得这对我会有什么伤害,她说:二傻,这下你解放了,我把箍儿套到建安身上去了。我想说,我没有以为这是箍儿,但我来不及说。那欢的眼睛就那样亲切地痴迷地盯着陈建安,而陈建安看着那欢的眼神,可以说是色眯眯的,是不可告人的。

那欢在北京一无所获,回来后第一天我到那欢家去,姚四小姐说她不在家,估计在陈建安那里。我当时感觉真的很不好,找到了陈建安处,是陈建安来开的门,手里提着一个茶壶。然后,那欢就提着她那一头湿淋淋的卷发出来了,见了我就说:二傻,快,快去看阳台上的鱼缸,我们从北京带回来两条红玫瑰。我看着她湿淋淋的很家常的样子,难受得头嗡嗡直响。我不知道这是怎么一回事情,她怎么可以这样?她可一点也没有在乎我的反应,顺手就给我拎过来一双拖鞋,她身上还围着一个围裙。从任何一个角度看,她都是一个主妇。

我是怎么走到阳台上去的,我不知道,我昏了,几乎可以说是一头栽倒在鱼缸前。那欢有些吃惊,扶住我问:二傻你怎么啦?我低下头来,我看到了一鱼缸的红金鱼,我问:这就是红玫瑰啊……

不大清楚我是怎么走的,陈建安送我出来,他有些惊慌,对我说:其实我和欢欢没发生什么实质性的事情。

我问:什么是实质性?

他回答不出来。他和毛丰一样,都把上床当作实质性的了。

得承认有一段时间我的确很沮丧,毛丰也看出来了,但他非常残酷,他无情地嘲笑我:引狼入室!我要冲上去跟他搏斗,他敏捷地闪开了,微笑着说:二傻,听我一句话,你不是那欢的对手,不要被她玩弄于股掌之中。

有一天傍晚,我记得那时我已经快毕业了,我正在学校操场上打篮球,那欢突然出现在学校的篮球场旁。她真的非常出众,和清汤挂面的女大学生相比完全是另一种面貌,头发高高地盘在头上,大朵的卷发挂下来垂在一边的面颊旁,使她看上去很有风情。她拄着拐杖,穿一件白色的海军蓝连衣裙,就像《钢铁是怎样炼成的》当中的冬妮亚。她朝我们扬起了拐杖,看上去忧郁和兴奋兼而有之。毛丰也在球场上，一种原始的情感让我们同时放下篮球。整个球场安静下来，大家的眼睛这时都在我们身上了，我能看得出来毛丰那一刻的虚荣心几乎和我旗鼓相当。但那欢几乎毫不犹豫地盯住了我，叫了我一声：二傻！

我扔下篮球，在一片嘘声中下场，我感受到刹那的满足，这满足在我跑至那欢身边后已经变成了尴尬和惶恐，我已经很久和她没有来往了。她旁若无人，轻轻地踮着脚，拐杖清脆地点着校园的鹅卵石路，卷发一晃一晃地闪在她眼前。她好久也不说话，这是史无前例的事情。我说：你有什么事情，你就说吧。

她深思般跛着腿走着，说：我只有来找你了。这样的事情我是不可能找毛丰的。

我说：你说吧，凡是我能做到的，我都会做的。

她说：今天夜里借我当一下男朋友吧。

我说：这是干什么，你不是有陈建安吗？

她说：陈建安的未婚妻来了。

我睁大了眼睛，盯着她，她也盯着我。突然，她大笑起来，把拐杖的头挂住了肚子，我也笑了起来，心里悲凉。我不知道整个事情错在哪里。

原来陈建安是有未婚妻的，而且是一位大官员的千金，陈建安这才有可能进入杭州分到房子。他妻子还在部队，大概是听到一些风声了，突然赶到杭州。陈建安骗她，说他和那欢只是一般的朋友。他未婚妻自然不会轻易相信，陈建安只好继续撒谎，说那欢是有男朋友的。那高干的女儿是个厉害的家伙，今天夜里在家里组织了一个小型家庭舞会，让那欢把男朋友带去。那欢一时到哪里去找人呢，她就想到了我。

我说：陈建安是个王八蛋！

是个王八蛋。她同意我的诅咒。

是个王八蛋你还帮他打圆场！我生气地盯着她。我不给你背这个木梢。

那欢不慌不忙地说：可是他并不爱她。他们之间，原来就是她死追着他的。

我说：简直智商低下到极点。他不爱她，那还不简单，又没有结婚，跟她分手就是了，还要你来演一场什么戏。

她说：他是说要和她摊牌的，是我不让他这样做。他太不容易了，从山里一个小镇奋斗到今天，太不容易了，不能为一个女人把什么都毁了。

我再一次盯着她，她的脸色苍白，她故作镇静的黑眼睛正在颤抖。我说：欢欢，那你怎么办？

她一笑，比哭还悲惨，说：我担什么心，追我的人排长队。

那你找追你的人搭档去。

她一把拉住了我：二傻……我就要你嘛……

我站住了，看着她，我想起了毛丰的话——不要被她玩弄于股掌之中——我叹了口气说：要去就快去吧，再晚一会儿我就又得改主意了。

她不看我，两眼茫然地盯着虚空，她不再戴夹鼻的眼镜了。她说：你要是改主意，我就死定了。

这就叫物是人非。那欢敲开了陈建安家的门，他的千金女友出来了，热情地给我们递过来拖鞋，我记得这正是那欢上一次对我的动作。她对着我耳语：她脚上那双拖鞋是我的。我说：她身上那件围裙也是你的。女主人手里拿着根细细的吸虹管，兴奋地说：建安正在教我怎么样把鱼缸底下的杂物吸出来，走，一块儿瞧瞧去，我们家的金鱼挺漂亮。那欢亲热地挽住我的手臂，仿佛是要平衡听到这话时的沉重打击，再次对我耳语：用吸虹管吸鱼缸里的水——我不让她说了，接过话头：那还用说，当然是你教他的。至于金鱼儿，我可以做证，都是我在场的情况下，你亲自给他挑的。

她一直保持着很得体很大度的姿态，陈建安像一只地老鼠一般尽可能地缩在厨房里不出来。万般无奈时他出场，桃花眼偶尔也讨好地朝那欢瞟一眼，想做一点和那欢心照不宣的暗示，结果力不从心，反而变成一种可怜巴巴的哀求。这种场景实在叫我看了憋气,我想告辞了,那欢让我跳一会儿舞再走。我说:我从来不跳舞。她拉起我的手:二傻,陪我跳一会儿舞吧。

我很少看到那欢不绷着自己做人的时候,这回算是一次。她的声音和手都在颤抖,我知道这一次她真是伤心委屈了。我连忙拉她起来说:你得带着我啊,我可是只会走路的。她一声不吭,就抱住了我的腰,把脸埋在我的怀里。我的心"訇"的一声放大了,填满整个胸腔,她的脸就埋在我的心里。她摇啊摇的,在我的怀里哭了,抽泣声很轻很轻,我的衣襟全湿了。

陈建安在屋角的那一头,绝望而又嫉妒地摇晃着。他的女友很满意,正幸福地依偎于他怀中。我悄悄地拿起那欢的手杖,我们摇到阳台上,我一扬手,把那个金鱼缸砸得个粉身碎骨。那欢头抬一下,又埋了下去。周围的人都过来了,女主人显然有些不高兴:这是怎么回事?那欢抬起头说:瞧,我的腿不好,绊的。

陈建安拿了一只大铁杯来,正是那只那欢用来藏过大印的铁杯,要把倒在地下挣扎的金鱼捡起来。她女友惊奇地说:怎么这里还有一条。

是一条五花龙睛,翻着白肚,半死不活的样子。陈建安说:我忘了给它换水,要不要放点盐,试试它会不会活过来?

那欢捞起这条鱼,一下子就扔到老远楼下不知什么地方,然后平静地说:救不活了。

现在,那欢真的是缠上我了。从陈建安家人工繁殖完金鱼回来以后,她开始三天两头地给我打电话,一会儿让我陪她去商标局,一会儿是工商管理局,一会儿是企划,一会儿是房地产公司,全都虚发得很。我发现二十年过去了,她仍然在打空手道。我老婆对我的怀疑也日益加深,每天晚上她都要跟我激辩,问我为什么还不到毛丰那里去报到。我告诉她基于我对毛丰的了解,老熟人在一起对双方都不利。她怒目圆睁喝道:胡说,都不是理由,你不是被那条鱼妖缠住,绝不会晃到今天还没有着落。我躺在沙发上说:是的,我是下岗了,是被社会淘汰了,我是小人物,你要我怎么样?

我老婆就叫起来:我要你穷则思变,我要你打起精神来给老婆孩子挣钱去。

我说:我想到岳王路卖金鱼去,我会养金鱼。

她大笑:你敢!你今天去我明天就跟你离婚。

我说:离吧,反正我也养不活你。

她又大笑:沈二傻,你别想打你的如意算盘,你想和我离婚和那鱼妖混到一起去啊,我不会让你的阴谋得逞。

我已经被日子锤炼得油盐不进,我已经不那么会激怒了,我说:像你这样的女人,本来是配个毛丰才相当的,现在居然死活愿意和我这个穷光蛋在一起,我得意都来不及呢。

老婆悲哀地看着我:二傻,我不理解你。

我说:我也不理解我自己。

那天半夜里,电话又打来了,我老婆敏感地跳起来就接,张口就骂:你这臭恶心鱼妖,我叫你再来骚扰我们……接下来她不骂了,把电话交给我说:是个男的。

电话是陈建安打来的,说老水回春了,要紧急换水,他身边又没人,只好麻烦我了。我听得头皮发麻,知道这肯定又是那欢的主意。老水回春也是我才知道的新名词,原来养金鱼还有生水老水之分。老水是鱼缸或鱼池中清洁而呈嫩绿色、绿色、老绿色或绿褐色的水的统一,其中以嫩绿色为最佳。老水养金鱼是最好的,特别是嫩绿色的老水。但有时老水会突然变成清水,这种水特别容易引发鱼病,没有经验的人,往往会看不出来。这次那欢跑到上海花鸟市场去了两天,估计陈建安就抓了瞎。不过我内心实在是不想跟那欢的这些破事再搅在一起了,尤其是跟陈建安搅在一起。我说,有什么事情明天再说吧。这时电话突然换成了那欢的嗓音,说：沈平建，不到万不得已，我不会在半夜三更打搅你。我的珍贵鱼种再不抢救就要死了，你帮帮我吧。

她一直就叫我二傻，叫我大名说明距离，也说明事关重大。我看看我老婆，老婆说：沈平建，你敢去！你跨出这一步试试看！她也叫我大名了。

我顾不上这夹缝中的战斗，披上件衣服就跑了。我老婆在我身后给了我重重的关门的一击，随即带着一声尖叫——出去了就别想再回来——我听得耳熟，好像许多电视连续剧都那么编排，我也落到这一步了。

把那些回春的老水放掉，再换上新水，两个小时跟打仗一样过去了。我第一次发现那欢养了那么多的金鱼、热带鱼，还有锦鲤。锦鲤养在院子的水池里，它们倒没有受到老水回春的伤害，悠闲得很，仿佛对今年秋天的鱼馆深信不疑。金鱼和热带鱼养在屋子里，搭起了架子，架子上一盆盆一缸缸的鱼儿，地上湿成了一片。陈建安一边扫地一边说：我真没想到金鱼犯起病来那么快，有几条焦尾和得气泡病的，我把它们捞出来了，放在冷水里，它们看上去挺好的，没想到一下子就都不行了……那欢挥挥手说：不怪你，我养金鱼儿那么多年，有些毛病还看不出来呢。你休息去吧。

陈建安刚走，她就问我：二傻，现在已经四点了，一会儿就天亮了,你怎么打算?我说:认识你那么多年,没见你发过脾气。她就沿着架子间的走廊慢慢走着,拐杖的声音点在地上,像马在行走。她说:发脾气有什么用啊,那老爷子说了,凡事要想得开,要沉得住气。她回过头来用拐杖指指墙角边那张单人沙发,说:你就在这里坐着,陪我一会儿。我得看看,这些鱼还能不能够活过来。

她把鱼缸边的灯都关灭了,只开着两边两盏日光灯。她穿着那件碎花裙子,一摇一晃地在过道上巡回着。我离她远了一点,看到她在两道玻璃金鱼缸间飘过的身形,一会儿拉长了,一会儿压扁了,她看上去就像在哈哈镜里。不过那哈哈镜是花的,色彩斑斓,把她和镜子里的物像全都混和在一起了,她自己就更像是一条大金鱼了。我叫了她一声:欢欢……

她边走边说,好像没有听到我叫她:……没关系了,看样子能够活过来了。刚才我真是吓坏了,这批东西我花了好多力气才收集到的。你叫我干什么,是不是想睡一会儿。小房间有一张床,不过建安睡了。他也吓坏了,监狱把他给关怕了,也好,从此他知道王法了。

我说:这几年他钱挣得不多,吃喝嫖赌样样不缺,出出进进好几次了,他这样无情无义无法无天的人,他能怕什么?

他当然害怕。从前是靠他老婆的娘家撑着,现在靠山没有了。

他就别转头来又靠你了,想过没有,你靠谁?

我靠这些鱼儿啊……她回过头来,黑乎乎的一个剪影……我是"鱼儿那"的传人嘛,有这些鱼我就有希望。她慢慢地走着,如数家珍般地细声细气地说着:你看这批热带鱼,这批珍珠马三甲是从海南运过来的……这两条鸳鸯神仙鱼,也快要生子了……你看这几条,七星刀,你看像不像刀……这条德国三色……你看这一大批,这是七彩神仙……它上面的是神仙鱼,都是神仙,品种是不一样的……别小看这群小不点儿,它们叫花虎皮,还有那下面的,你看到了吗,像海魂衫一样,它们叫九间菠萝……你在听我说吗……她停住了,回过头问我。

我打起精神来回答她:我不听你说我又能怎么办?我又不能现在回家,我老婆把我赶出来了。欢欢,你实在是害人不浅啊。我真是弄不明白你,年纪也不小了,你还折腾什么呀。

她缓缓地嘀笃嘀笃地朝我走过来,手里那根手杖在暗夜里银光闪闪。她走到我身边,长叹一声:二傻,我不到位啊,我二十年不到位啊……还没弄明白怎么回事呢,她轻轻一倒,已经坐在了我的膝盖上,十年前的曚昧的气息排山倒海迅雷不及掩耳地朝我袭来——我老婆是对的，那欢的确是妖精。

但我不可能给她更多的东西了，我只能提供一副膝盖了，我让她坐在我怀里，说：你不怕我把你推出去！

她打了个哈欠，眯起眼睛，像是在勾引我：二傻，我不甘心啊，我真是不甘心啊！

我说：你到底要干什么呢？你是要你的鱼呢，还是要鱼给你带来的世界呢？

她说：这有什么区别呢？

我说：你要你的鱼，你老老实实地养，你没有不到位的。你要鱼儿给你带来的世界，你要什么世界呢？你要有钱有地位，你要有尊严，你以为光靠你的这些金鱼儿就能给你带来吗？

她把她的眼睛几乎就贴在我的眼睛上，手里的那根手杖忍不住急切地跳起来击打着地面：所以啊，光靠金鱼是不行的啊，所以要有毛丰和你来帮助我啊；所以要改革啊，要趁势啊，要一步到位啊。

你不知道你是不可能一步到位的吗？我冷静地或者说是冷酷地向她指出。她一点也不惊讶：我当然知道。我十岁的时候就知道了。哪怕我们已经住在同一个厕所里了，爬到茅坑底下去的还是我这样的跛足女孩啊。

她这话一下子把我的瞌睡说没了，我腰板弹了起来：你连这些都记得？

她扭了一下我的鼻子，亲热地笑着说：你以为我是痴呆儿吗？我是奴才吗？你以为我是贱货吗？我心比天高命比纸薄吗？我跌得倒爬得起不知道痛吗？

然后她离开了我的膝盖，小声地急切地指着满屋子的鱼缸：我让陈建安过来一起干你们看不起我了吗？你们弄错了，我和陈建安是一样的人，我们是一缸里的醋，一道里的货，我们都是在茅坑底下的人……

她的话让我不安地站了起来，我说：那欢，欢欢，我不是这个意思，我是说，有的人伤害你，你却不在乎……

你是说我那么多年一直没有跟他一刀两断——你是这个意思吗？

是的！突然我也火了起来，我走到另一条走廊上，对着满缸正在黎明前的黑暗中休养生息的美丽的鱼儿，向她倾倒我的怒火：起码你知道他有未婚妻后你不该再和他搅在一起。你们合伙办了八年公司，出出进进，一会儿拘留一会儿避难一会儿崛起，你们折腾多少回了？你们的那些破事情，我没有不知道的。

那欢突然强硬起来：他不是个好人，自私，软弱，好色，意志薄弱，我都知道，但他爱我。他为我付出了很多，他本来可以是一个本分的机关公务员，他是听了我的话才去改变自己的命运的。现在他倒霉了,我不能看着他倒霉不管,我就是为他从日本回来的,那又怎么样?

我站起来就往外走,走到门口正要开门,肩膀上结结实实挨了她一杖。我回过头来,夺下手杖,低声地咆哮起来:你还想要干什么?

我第一次看到她气成这样,她的脸色在日渐清晰的晨曦中白里发青,因为熬夜,她憔悴得老掉了。她说:我想让你看看我是怎么发怒的!

说完这句话,她用手杖的手把拐套住了我的脖子,把我拉回到了沙发上,然后一把将我推倒在沙发上。我们彼此可怕地喘息了一会儿,那欢才说:对不起,我不该打你。

我说:告诉我,你是不是离不开那王八蛋?我只想知道这一点。

她犹豫了好久,才说:他和我是一样的人,我们都想一夜改变命运。

那你说我是什么样的人?我又问。

她哭了,突然扑倒在我的腿上:二傻,我知道我和你们是不一样的,你们生来就有的东西我们要拿命去换。我除了我的金鱼什么都没有,所以我不能忠于你。我不能和你在一起,因为你会抛弃我的,就像毛丰一样,连眉头都不皱……

我真不知道怎么回答,只好说:是你离开我的啊,你明明知道,是你离开我的啊,你伤害我伤害得还不够吗?

二傻,你真是二傻吗?那欢突然抬起头来盯着我问。她的话里有话,她又站起来,走到鱼缸边上去了,她站了一会儿才说:你知道我是怎么到日本去的?

我说我知道,是毛丰出钱让你走的。

你那时候还没结婚吧,你的女朋友那时还没和你定下来,她是听说了我和你的关系后才去找的毛丰的,她说她要把你从地狱中拯救出来。我就是她眼里的地狱。毛丰是带着这个条件让我离开你的。实际上他不用出那么高的价钱,他不安排我去日本,我也会离开你的,只要你愿意离开我。

我不愿意离开你……我冲动地跳了起来。

你愿意的……你离开了……

那是因为你和别的男人……

如果是我,你和一百个女人在一起我也不会离开你……

这是什么道理!

这是没有道理的!我爱我的金鱼儿,那是有道理的吗?她跛着足扔掉了手杖,走到我的身边,轻轻地把脸贴在我的怀里,说:二傻,我想过,有一天我要和你们平起平坐,现在我做到了,但不是我上升,而是你下降了。现在我们是一条起跑线上的人了。我不是只想到把养好的金鱼送给你玩,我可以想到让你来养我们的金鱼了。现在这些鱼都是我们的了,是我们共同的鱼了……

她像一条鱼一样地开始吻起我来,我很快就被她弄迷糊了。我一边想赶快跑,赶快跑,千万不要被她玩弄在股掌之中……但我的身体不听我大脑的话,而且我的头脑开始缺氧。就在这时候,她跳了起来,离开我的怀抱。她热情地惊喜地叫了起来:二傻,你快看啊,我的鱼儿全部活过来了。你看,全部活过来了,你看它们多精神啊……

我只来得及看了一眼,就被那欢又狂热地按了下去。她的面颊就像鱼鳃一样,在我的脸上施起了魔法,不知是吻她的鱼呢,还是吻我这个人。但我已经丧失了理智,和十年前一样,我被她迷惑了……

十年前的那个初夏,我和毛丰的关系还没有今天那样生疏,因为那个狂热的季节,我们一起出现在沿湖华侨大厦的顶层,我们趴在窗沿上,看一大片一大片的人流朝我们身旁涌过。我指着那些人群对毛丰说:你本来应该在那里。他手里端着个望远镜,一边看着人群一边若有所思：笑话，我正是他们激情发泄的对象！我说你对什么号入什么座啊。

我说：八年时间你已经彻底改变了。他看看我，笑了，说：那也比你好，你这八年做什么了？我说：我有我的立场。我虽然并不赞成一切过激行动，但我也非常讨厌你说这些话时的嘴脸。他冷笑一声说：那你怎么不下去啊？

那段时间我们争吵得非常激烈，我们的关系正是这时候开始急剧冷淡下去的。

毛丰却没有再跟我唇枪舌剑，他手里拿着的那个望远镜突然定住了，说：二傻我眼睛不太好。你给我看看那是谁，是不是那欢？我没接望远镜，因为我已经凭我的肉眼清清楚楚地看到了那欢。

与其说那欢的队伍是一支激烈的队伍，倒不如说是一支狂欢的队伍，他们七零八落，服装不一，也没有统一的标志，人数并不多，但他们一个人的激动便可以顶十个人的激动，他们中还有一些坐在轮椅上的，杭州人从前称这样的人为"十不全"。用乌合之众断断还不能形容这支队伍的面貌。他们敲打着鼓，呼喊着口号，兴奋而激动地走在大街上。那欢斗志昂扬地走在前面，身披黑大氅，头上扎一根红绳，侧在一边，另一边挂下来一缕卷发，这三样东西都在西湖边的初夏的温柔的暖风中飘扬。一起飘扬的,还有她那须臾不离身的点金术魔棒般的手杖。

毛丰问我和那欢还有没有来往,我说你不是明知故问吗?自从她和陈建安合伙开公司,我就再没有和他们往来过。多少年了,就听说他们一会儿发了一会儿败了。

毛丰放下了望远镜,背对着大街上的人们,他已经不像刚才那样冷漠了。他说:这不怪那欢,陈建安一无大背景二无能力,做生意也是偷鸡摸狗,没有大手笔。再加上有点小聪明,一心想走捷径,刚刚挣了几个钱又想着花天酒地。这样的人能够成大事,还不是活见鬼了。

我说:不是娶了个有势力的老婆吗?听说一直跟那欢发了誓要离婚娶她的,结果离了八年也没离成,整整一个"抗日战争"。

毛丰看着远去的那欢的队伍,说:你相信他?他岳父已经死了,他也没什么靠山了。他要再跟她老婆离婚,怎么活?他已经把工作都辞了,这点倒和我一样,恐怕也是那欢怂恿的。她虽然跛足,但她自信,美丽,勇敢,也许她还虚荣,好出风头,向往抛头露面的日子——不——也许她不过是不想成为一条平常的鱼,老死江湖或者葬身于人腹;也许她不过是想成为一条人见人爱的五花龙睛。可是别忘了,说到底陈建安难道真的愿意跟着那欢养金鱼去?你怎么不说话,还忘不了她?他深表同情似的拍拍我的肩膀。

我说,我就是不明白,她那么聪明一个人,为什么要死吊在陈建安那棵树上?

实际上他们还是有相通之处的。他们的目的地不一样,但他们的出发点却是一样的。还有一点,很简单,他们是一个男人和一个女人。当然我们也是男人。但说句心里话,我们会娶她吗?一个瘸腿、没有工作、贫民窟里的姑娘。和她相爱是一回事,娶她可是另一回事。这话我根本用不着说你就明白,你不是正在和部队医院的女护士接触吗?我听你妈说,两家大人都已经谈定了。你盯着我看干什么?这就是惨淡的人生,鲁迅先生说的。不过真正的猛士不是我们,是那欢。她从来没有找过我的麻烦,她非常明白。不过她也有糊涂透顶的时候。你说这时候她跑到大街上去干什么?等着进班房啊。二傻我不方便,你快想个办法给她通个气,叫她别胡闹了,到外面避一段时间,让陈建安背黑锅去。

这算是毛丰对我说的关于那欢的最多的一次话了。但那欢还是没避过去,陈建安刚进局子,十分钟就把那欢的藏身之地供了出来。好在那欢也没有在里面待多久,她一无所有,也就是个认识问题。半个月后,我把她接了出来。一年以后,她去了国外,听说那时候她已经结婚了。

我没有再去找那欢,那欢也没有再跟我联系。这段时间我忙着离婚,离婚的原因当然并不是因为那欢。我和几个朋友看中郊县一片山地,准备到那里去发展果园。这是个苦活儿,也不是马上就会见效的,打死我老婆她也不会同意,只好离婚。我把家里的一切,包括房子都给了前妻,她则给了我一笔钱,正好投资果园。办完这些人生苦杂事,正是金秋十月,西博会开幕的前夕。这一天我到新建的黄龙体育中心办事,有个女人突然拉住了我问有没有西博会开幕式的门票,我抬头一看,那女人身边还挽着一个男人,西装革履,正是陈建安。几个月没见,他完全变了,和这个正在和国际接轨的都市非常合拍了。我一时愕然,开口就是一句话:怎么样,你们的水族鱼馆呢,要开张了吗?

陈建安看看那女人,笑着说:不做了,现在我做服装了,杭派服装现在很走俏的。

我看了一眼他身边的那个女人,明白了,打了个含含糊糊的招呼就走。没走几步陈建安赶了上来,拉住我就说:那欢一直等你去呢。

我说:奇怪,她不是为你从日本回来的吗?

陈建安的桃花眼一挤,说:你不知道,她丈夫在日本另有女人了。

我怔住了，半天才说：那你……你怎么又去弄服装了呢？

陈建安说：我不能老是在那欢家里住下去，她从日本回来，全部积蓄也就买了那套房子，还都让她用来养鱼儿了。她的心又大，要搞一个水族馆，谁投资啊。毛丰说杭州现有的金鱼资源就够旅游观赏了，她要做的事情，花港观鱼，还有玉泉，都已经做了，做得一点也不比人家日本人差。我劝她做服装，她不肯，她说她们那家几百年来就是靠的金鱼活命，杭州作为全世界金鱼的故乡，有他们"鱼儿那"家族的一份功劳。我说什么"鱼儿那"，不是我现编给你的家世吗？谁知她盯着我说：陈建安，你是不是监狱里关出毛病来了，"鱼儿那"明明是我们那家祖宗的招牌，你怎么说是你现编的呢。

陈建安盯着我，一脸惶惑，仿佛我是那欢。我看了看不远处已经开始等得不耐烦的女人，说：你就这样离开她了？

陈建安一边用眼睛瞟着那女人，一边匆匆忙忙地说：我总不能让她赶我吧。我一点忙也帮不上，我对养金鱼也没有兴趣，也没有资金。这件事情可行性几乎等于零……我走了，这是个客户，她对我很好……我走了，你去看看她吧，她现在只有一个人了……

他匆匆忙忙地跑到了那个女人身边，一脸的媚笑。这个吃软饭的家伙。

到那欢家时那欢家热闹得很，一伙人正在搬进搬出地搬那些大鱼缸。我走进屋子，在那张我曾经坐过的单人沙发上看到了那老爷子。他很舒服地坐着，半闭着眼睛，嘴里嗑着瓜子壳儿，一只手同时不停地指挥着：搬这缸，搬那缸……那欢的几个弟妹们正在热火朝天地帮着张罗，姚四小姐在门口一辆货车的司机驾驶座旁，兴致盎然地坐着。那欢前前后后地张罗着，她还是那么美丽。看得出来，有许多人的故事写在她的脸上。她一看到我，好像不出意料地笑了，然后就说：老爷子，你看我把谁给你带回来了？

那老爷子仰起脸看了看我，老爷子老了，但除此之外没有任何变化，他依旧站起来用手作了一个揖说：如果没有猜错，这位就是沈三白的后裔沈二傻了。

我问那欢老爷子可以抽烟吗？老爷子连忙回答：不要问大小姐，只管递上就是。都活到这把年纪，妖怪了，还怕抽烟。

我就给他递上一支软中华，这是我办事时请人家抽的烟。他美美地抽了一口，说：二傻啊，说你跟沈三白有关系那是开玩笑。沈三白江南人,你父亲山东人,是一九四九年五月三日那一天解放杭州城的,和沈三白恐怕没关系。不过我一眼就把你认出来了,你和你家老头儿很像,个头、神态都像。小毛和他们老毛也很像。你们的父亲刚进城我们就认识了。他们是接收大员,我嘛,是败军之将啊。

他得意地看着我,青烟在满屋的金鱼儿之间若有若无地缭绕,那些神仙鱼啊,花虎皮啊,德国三色啊,丹顶锦鲤啊……一缸缸地搬了出去。那欢看着我说:都搬到岳王路去,我们那家在那里有个铺位。

那老爷子得意地说:这批东西拿过去,不好说了,大价钱了……

那欢拎着手杖,向我摊了摊手,暗示我说些高兴的,别让老爷子难过。与此同时,老爷子朝我挤了挤老眼,也暗示我说些高兴的,别让大小姐难过。我说:今天有空,天气又好,我想请欢欢出去玩玩。

正来来回回忙碌的那欢的弟妹们就高兴地叫了起来:出去玩吧,出去玩吧,出去玩吧……姚四小姐坐在车座上,拍着手说:出去玩吧,出去玩吧……

那欢一瘸一瘸地向我走来,顺手拎起架子上的那只大铁杯,里面有一尾已经长得不小了的五花龙睛。

我们把那尾五花龙睛放到花港观鱼的鱼池中去，满池红鲤，那五花龙睛一闪，就不见了。

现在是秋天，没有花瓣可逐的满池红鲤们，和春天不一样，它们不像烂漫少女了。我和那欢用一片面包掰碎了喂着它们。我想起那一年我把那欢从拘留所接出来，就是先到了这里，那一次那欢是来捞金虾儿的，从前我们每一次到这里来都担负着给金鱼找食吃的任务。就是那天夜里，那欢对我说：我要……让你把我……想到骨——头——缝里去……

她细细地撒着面包屑，我不知道她在想着什么，她像一条金鱼一样不可捉摸，她生活在水里。我说：要是愿意，跟我一起种果树去吧。

她想了想一本正经地说：我们可以把果树和金鱼结合起来，联合开发，可以和国际接轨，将来搞大了就是果园托拉斯，公园式的果园。我们照样可以搞水族馆，把水果和观赏鱼结合在一起，难道不是一条思路吗？

她目光炯炯地盯着我，在秋天的阳光下，我看到她脸上细小的皱纹在波动，我伸手把她手里的面包连带她的手一起拉到我的手中，我说：你就当一条真正的鱼，你就让我来喂你吧。

那怎么行呢？谁去捞金虾儿啊！她笑了。在我的感觉中，她答应了。

今年春天的一天，我正在山坡上给果树捉虫，突然接到毛丰的电话。他问我正在干什么？我说干什么，种树呗。他突然闪闪烁烁地问：二傻你给我说老实话，那欢在不在你这里？我说开什么国际玩笑，从去年秋天开始就没见过她。他声音高了起来：我操，你不读报纸不看电视吗？那欢犯事了你知不知道？我说你操谁啊，我这里荒山野岭的，不读报纸不看电视太正常了。那欢不是准备回日本吗？她犯什么事，贩毒啊……我开了句玩笑。谁知毛丰说：真是贩毒啊，把毒品塞进金鱼肚子里托运出境。我一听愣了，说：不可能，会不会有人害她？他问谁，我说陈建安啊，这事跟陈建安有关吗？毛丰说：鱼是那欢的，作为陈建安的养金鱼的劳务费折算给他了，都是珍贵品种。这次那欢回日本，陈建安让她再把这批鱼托运到日本去，说是他已经卖给日本的下家，挣的钱和那欢三七开，那欢就答应了。谁知在海关查出来，金鱼肚子里藏有毒品。陈建安已经被抓起来了，他说他什么都不知道，问那欢去。那欢还没等人抓她，就跑了。你没干你跑什么呀？你以为是做生意蚀本赖账啊，是贩毒啊，要杀头的！

我靠在树旁愣了好一会儿，才说：我不相信那欢会做这种事情。

毛丰说：我也不太相信。不过她跑了，还怎么说得清。

我说：她不跑一时也说不清，陈建安太不是人了。

我们俩都愣了，我托着手机说不出话来。毛丰最后说：她不会给我打电话的。如果跟你联系，如果这件事确实和她没关系，你叫她主动去说清楚。你跟她说，我们不会不管她的。

要是她真做这件事了呢？我问。

那是她自寻死路，我们也无能为力了。这是毛丰在这次通话中留给我的最后一句话。

自毛丰打来电话后，我一直开着手机，两天以后，那欢的电话终于来了。她一句话也没有说，但我能够感受到她的呼吸，我想象一条五花龙睛正游过她脸的下半部，封住了她的嘴。我说：那欢你不用说你是谁，我知道是你。你给我听着，如果你是冤枉的，明天早上你给我到花港观鱼去，你就在曲桥上等我，我陪你把事情说清楚。如果你真做了那样的事情……我顿住了，我无论如何不能说出"自寻死路无能为力"的绝话，但意思却是一样的，我说：欢欢，如果你真做了那样的事情，请你以后再也不要跟我有任何联系了……

半夜时分我就赶到花港观鱼公园了。夜露正凉，春柳暗发，西湖恬静，夜半的湖水透着凄凉。一个人匆匆忙忙朝花港观鱼的曲桥奔去,好像那个女人拄着拐杖已经立在桥间。没有,没有那个女人,没有一个人,连鱼也消失了,一池的红鱼都淹没到幽暗的湖水的深处去了。我站在曲桥上,看到池旁路灯下那块刻有"花港观鱼"的假山旁,一树桃花在幽暗中开放。它们灿烂之极,看上去真的有几分假了,但她们是真的——桃花得气美人中——我想起柳如是在杭州写下的这句诗。我之所以被人唤作"二傻",就因为我有时会作出"诗"这样的傻事来。

  我一个人立在曲桥上,夜未央,还有机会等待。我想听到嘀笃、嘀笃的拄杖声……但万籁俱寂,我只好低下头去——一池静水——那尾五花龙睛呢?那条名叫欢欢的鱼呢?

图书在版编目(CIP)数据

西湖十景.花港观鱼 / 王旭烽著. -- 南京：江苏凤凰文艺出版社, 2018.9
ISBN 978-7-5594-2246-0

Ⅰ.①西… Ⅱ.①王… Ⅲ.①中篇小说－中国－当代 Ⅳ.①I247.5

中国版本图书馆CIP数据核字(2018)第121496号

| 书　　名 | 西湖十景.花港观鱼 |
| --- | --- |
| 作　　者 | 王旭烽 |
| 策　　划 | 袁　敏 |
| 责任编辑 | 姚　丽 |
| 书籍设计 | 周伟伟 |
| 出版发行 | 江苏凤凰文艺出版社 |
| 出版社地址 | 南京市中央路165号，邮编：210009 |
| 出版社网址 | http://www.jswenyi.com |
| 印　　刷 | 上海雅昌艺术印刷有限公司 |
| 开　　本 | 787×1092毫米　1/32 |
| 印　　张 | 5.5 |
| 字　　数 | 85千字 |
| 版　　次 | 2018年9月第1版　2018年9月第1次印刷 |
| 标准书号 | ISBN 978-7-5594-2246-0 |
| 定　　价 | 39.80元 |

（江苏文艺版图书凡印刷、装订错误可随时向承印厂调换）